suhrkamp taschenbuch 2

D1432120

Max Frisch, am 15. Mai 1911 als Sohn eines Architekten in Zürich geboren, lebt heute in seiner Geburtsstadt und in Berzona. Seine wichtigsten Prosawerke: »Tagebuch 1946–1949« (1950), »Stiller« (1954), »Homo faber« (1957) und »Mein Name sei Gantenbein« (1964). Seine Stücke (u. a. »Graf Öderland« 1951, »Don Juan oder Die Liebe zur Geometrie«, 1953, »Biedermann und die Brandstifter« 1958, »Biografie: Ein Spiel« 1967) sind in zwei Bänden gesammelt: »Stücke 1 und 2« (1969). Sein Werk, vielfach ausgezeichnet, erscheint im Suhrkamp Verlag.

Über sein Werk schrieb die »Neue Schweizer Rundschau«: »Solche Bücher sind selten wie Kugelblitze. Schon diese Sprache allein fasziniert. Sie ist elegant, präzis, mit Absicht salopp, dann wieder von beschwörendem Ernst.«

»Wilhelm Tell für die Schule« ist die jüngste Arbeit von Max Frisch. Die Tell-Sage zählt zu den berühmten nationalen Mythen. Seit Schiller gilt sie als klassischer Besitz vom Triumph des Freiheitswillens über Unterdrückung. An den Schulen wird sie so weitergereicht. Gerade für die Schule erzählt Max Frisch die Tell-Geschichte neu. Seine Sprache ist lakonisch, seine Darstellung souverän, ja heiter. Ein nationaler Mythos wird demontiert; die Vorgänge von 1291 werden aus der Gegenwart von 1970 gesehen und interpretiert.

Max Frisch

Wilhelm Tell für die Schule

Suhrkamp

Geschrieben August 1970

26.–50. Tausend 1971
© Suhrkamp Verlag Frankfurt am Main 1971
Alle Rechte vorbehalten
Suhrkamp Taschenbuch Verlag
Satz: Libripresse, Kriftel/Taunus
Druck: Ebner, Ulm. Printed in Germany
Umschlag nach Entwürfen von Willy Fleckhaus und Rolf Staudt

Wilhelm Tell für die Schule

Wahrscheinlich Konrad von Tillendorf, ein jüngerer und für seine Jahre dicklicher Mann, damals wohnhaft auf der Kyburg, vielleicht auch ein anderer, der Grisler hieß und in den gleichen Diensten stand, jedenfalls aber ein Ritter ohne Sinn für Landschaft ritt an einem sommerlichen Tag des Jahres 1291 durch die Gegend, die heute als Urschweiz bezeichnet wird. Wahrscheinlich herrschte Föhn; das Gebirge, das der dickliche Ritter vor sich sah, schien näher als nötig. Um dem jungen Rudenz gegenüber, der ihn nach Uri führen sollte, nicht unhöflich zu sein, gab er sich Mühe und lobte mehrmals die blühenden Kirschbäume. Es war heiß und blau. Je länger er ritt, desto schweigsamer wurde der dickliche Ritter, denn die Berge zu beiden Seiten nahmen überhand. Oft wunderte er sich, daß es in dieser Gegend überhaupt einen Pfad gab; aber es gab tatsächlich einen Pfad, der, wie der dickliche Ritter wußte, sogar nach Rom führte, wenn auch immer wieder um Felsen herum. Es wunderte ihn, daß hier Menschen wohnen[1]. Das sagte er nicht. Je enger die Täler, desto kränkbarer sind die Leute, das spürte der dickliche Ritter

7

schon und lobte nochmals einen blühenden Kirschbaum. In Brunnen am See, zu Mittag, mußte man wieder einen Nauen besteigen. Eine mühsame Gegend. Ritter Konrad oder Grisler fühlte sich in dem Nauen nicht wohl; beide Hände an die Bank geklammert, obschon der schwere Nauen kaum schaukelte, saß er und blickte beklommen in das Tal von Uri, das ihm als das Ende der Welt erschien. Diese Flühe links und Flühe rechts. Er reiste nicht zum Vergnügen, sondern als Vertreter von König Rudolfs Erben[2], also dienstlich; daher trug er diese Mütze aus Samt. Sogar auf dem See war es heiß. Kein stürmischer Föhn, aber Föhn. Der Schiffer ruderte hart und wortkarg, tat, als habe er diese gräßlichen Felsen persönlich gemacht, und zeigte überhaupt keinen Humor. Natürlich wußte der dickliche Ritter, daß Uri damals reichsfrei war, das heißt, daß er sich jetzt im Ausland befand; er verschwieg, daß er nicht in Uri leben möchte. Er sagte lediglich, er habe Kopfweh. Der Nauen kam nur langsam voran. Der junge Rudenz, Neffe des Freiherrn von Attinghausen, ließ es sich nicht nehmen und zeigte dies und das, was den Einheimischen besonders sehenswert vorkam. Ab und zu tauchte der dickliche Ritter, während er höflich nickte, die Hand ins kalte Wasser des Vierwaldstättersees, damit sein Kopfweh vergehe; er beachtete weder die sommerliche Wiese des

Rütli[3] noch den Fels, der später berühmt wurde als Tellenplatte[4], sondern blickte geradeaus, wo er plötzlich den Sankt Gotthard zu sehen meinte. Das war das einzige Mal, daß der Schiffer, der wahrscheinlich Ruodi hieß, kurz und bündig grinste. Schnee auf den Bergen im Sommer, das sah man bei klaren Tagen schon von der Kyburg aus; jetzt verwunderte es ihn trotzdem: Schnee im Sommer. Er äußerte sich nicht dazu. Die Leute von Uri schienen stolz zu sein auf diesen Schnee. Einmal fragte er den braven Schiffer, wie lange er denn nach Flüelen noch brauche. Keine Antwort. Der junge Rudenz, dem es peinlich war, wenn seine Waldleute sich unartig zeigten, packte jetzt einen Imbiß aus dem Lederbeutel, um den habsburgischen Beamten abzulenken von dieser Eigenart der Waldleute, wahrscheinlich Käse und Brot, auch harte Eier, die aber, als Ulrich von Rudenz sie vor dem hohen Gast auf die Bank legte, sofort herunterfielen und in dem Nauen hin und her rollten. Auch darüber vermochte der brave Schiffer nicht zu lächeln, denn er galt als der wackerste Schiffer auf dem Urner-See, und daß der fremde Fötzel ihn gefragt hatte, wie lange er bis Flüelen noch brauche, vergaß er sein Lebtag nicht. Leider hatte der Vertreter von König Rudolfs Erben überhaupt keinen Appetit, was aussah, als verachtete er den einheimischen Käse. Die Fahrt in diesem Nauen

9

kam ihm endlos vor. Immer öfter schloß er die
Augen, um wenigstens keine Berge zu sehen, und
hörte nur den harten Wellenschlag, das Klatschen
unter dem Nauen, dazu das Ächzen der Ruder. Er
versuchte an seine diplomatische Mission zu denken, beide Hände an die Bank geklammert; dabei
wurde er das Gefühl nicht los, man fahre in der
verkehrten Richtung, genau in der verkehrten
Richtung... Herr Vogt! sagte der junge Rudenz:
Wir sind da! – ein Rudel von Hütten in grünen
Wiesen mit Apfelbäumen, das also war Flüelen.
Der Vertreter von König Rudolfs Erben hatte sich
Flüelen überhaupt nicht vorgestellt, und insofern
überraschte es ihn gar nicht. Er dankte dem wak-
keren Schiffer; dieser aber war noch immer belei-
digt wegen der Frage, wie lange er nach Flüelen
brauche, und blickte geradezu unheimlich. Es war,
als hätte der Mann mittlerweile einen Kropf be-
kommen. Ein anderer, der die Pferde bereithielt,
hatte einen wirklichen Kropf. Als sie entlang der
Reuß gegen Altdorf ritten, fragte der dickliche
Ritter, ob es in diesen Tälern viel Inzucht gebe.
Die Auskunft des jungen Rudenz ist nicht überliefert. Hingegen soll der Herr Vogt kurz darauf
sein Pferd angehalten haben, um zu sagen: Diese
Berge, ringsum diese Berge! Sein Kopfweh war
noch nicht vergangen, als man in Altdorf ankam.

1.

»Vernehmt den Anfang der drei Länder Uri, Schwyz und Unterwalden, so wie sie in Ehren hergekommen sind; Uri ist das erste Land, das von einem Römischen Reich die Gunst empfangen hat, dort zu reuten und zu wohnen. Danach sind Römer nach Unterwalden gekommen; auch diesen gönnte das Römische Reich, dort zu roden und zu wohnen. Das ward ihre Freiheit und ihr Recht. Hernach sind Leute von Schweden nach Schwyz gekommen, da ihrer daheim zuviel waren. Auch die empfingen vom Reich die Freiheit und das Recht, sich allda niederzulassen, zu reuten und zu wohnen. Also saßen die Länder durch lange Zeit und während vieler Jahre in guter Ruhe, bis daß in die Nähe dieser Länder die Grafen von Habsburg kamen.« (*Das weiße Buch von Sarnen*, um 1470) Hiezu Karl Meyer: »Der Bericht von der römischen Abkunft der Urner und Unterwaldner hält wohl die Erinnerung an eine romanische Vorbevölkerung fest; die vermeintliche Abstammung der Schwyzer von den Schweden hingegen beruht einzig auf der Ähnlichkeit der Namen Schwiter (so nannten sich die Schwyzer noch um 1350) und Schweden.« Lateinisch: Svitenses und Svetenses. Noch in unseren Tagen trifft man Leute in Texas oder in der Türkei, die Schweiz und

11

Schweden verwechseln, zumal man sich beide Länder verschneit und demokratisch vorstellt.

Vergl. ferner Hans Tschäni, *Profil der Schweiz:* »Im Gebiet der heutigen Schweiz lebten die ersten Menschen vermutlich seit der letzten Eiszeit (50 000 bis 40 000 v. Chr.). Sie waren Jäger und Höhlenbewohner. Im 6. Jahrhundert v. Chr. von den Ligurern bewohnt. Hier handelte es sich um Pfahlbauer. Die nächsten Bewohner des Jura und des Mittellandes waren die Helvetier, ein Keltenstamm. Sie wurden nach ihrem Auszug 58 v. Chr. bei Bibracte von Cäsar geschlagen und Helvetien wurde von den Römern besetzt. Nach 500 stießen die Alemannen in die Nord- und Ostschweiz vor.«

2.

König Rudolf von Habsburg starb am 15. Juli 1291; sein einziger Bruder, Herzog Albrecht, weilte in den Ländern der Donau. Unter solchen Umständen halten es Forscher (Karl Meyer, *Die Urschweizer Befreiungstradition*, 1927) für denkbar, daß Ritter Konrad von Tillendorf, der nachweislich im Jahre 1290 das Kloster Steinen bei Schwyz für sich und seinen Herrn Rudolf in Schutz und Schirm genommen hatte, zu ähnlichen Reichsaufgaben herangezogen worden sein könnte wie sein Vorgänger Hartmann von Baldegg und Dietrich Wetzel, d. h. daß er der berüchtigte Landvogt war, den Tell erschossen hat.

3.
Rütli: nach der Überlieferung (allerdings ohne Beweis) der Ort des Bundesschwurs vom 1. 8. 1291. Siehe Aegidius Tschudi: »Also ward dise obgemelte Pundtnuß von den gemelten dryen tapffern Personen in dem Land Uri erst gemacht und geschworen, davon die Eidtgnosschafft entsprungen, und das Land *Helvetia* (jetz Schwitzerland genannt) wider in sin uralten Stand und Fryheit gebracht worden.«

4.
Heute noch ein beliebtes Ziel für Schulreisen. Vgl. hiezu Karl Meyer: »Wenn wirklich der Name Tellenplatte ein bloßer Flurname und älter wäre als der Name des Schützen Tell und erst nachträglich auf den Befreier gedeutet worden wäre, so läge darin noch kein Beweis gegen die Geschichtlichkeit des Schützen, sondern nur gegen die Richtigkeit des Schützennamens Tell: man hätte dann dem Schützen den Namen Tell zugelegt im Glauben, es trage diese Rettungsstelle den Namen Tellenplatte von ihm.«

Als Ritter Konrad oder Grisler, auch schon verwechselt mit einem Grafen von Seedorf[5], am andern Morgen erwachte und an das niedrige Fenster trat, keinen Himmel erblickte, sondern nur Felsen und Tannen und Geröll, machte er sich Mut, indem er Milch trank. Wahrscheinlich hatte er's auf der Leber, ohne es zu wissen; daher sein Hang zur Melancholie. Er lobte die Milch. Die Leute, die in diesem Tal geboren waren, taten ihm leid; Sonne schien an die Felsen hochoben, das Tal aber lag im Schatten, und wenn er zum Himmel schaute, kam es ihm vor, als wäre er in eine Zisterne gefallen. Er schickte sofort, noch ehe er seine Milch getrunken hatte, einen Knecht hinüber nach Attinghausen[6], um sich als Reichsvogt anzumelden. Es eile. Der dickliche Ritter wünschte sich seinen Aufenthalt in Uri so kurz wie möglich. Schon die erste Stunde, während er auf die Antwort aus Attinghausen wartete, wurde ihm lang. Eine Ahnung, was ihn in diesen Waldstätten erwartete, hatte der dickliche Ritter offenbar nicht; nämlich als er in der Kapelle kniete, betete er nicht für seine Person, sondern bekreuzigte sich in der

14

allgemeinen Hoffnung auf bessere Zeiten. Sein Kopfweh war vergangen, was er schon für ein gutes Zeichen hielt. Leider meldete der Knecht, der Freiherr von Attinghausen fühle sich nicht wohl, könne den Reichsvogt erst in der kommenden Woche empfangen. Auch dies hielt er noch für ein gutes Zeichen, denn es hätte ja auch sein können, daß der Greis von Attinghausen gerade gestorben war. So machte er denn, um nicht müßig zu sein, einen ersten Ritt in die Umgebung, besuchte dienstlich eine Baustelle zwischen Silenen und Amsteg, wo zur Zeit ein Turm erstellt wurde, um den Pfad zum Gotthard zu sichern[7]. Inzwischen war die Sonne auch ins Tal gekommen, aber die Laune auf der Baustelle war mißlich. Ein alter Bauführer, damals Fronvogt genannt, ein Tiroler, der den Leuten von Uri schon seines andern Tonfalls wegen verhaßt war, hatte vermutlich aus persönlicher Ranküne, weil sie ihn Fötzel nannten, den schnöden Namen der Burg erfunden: TWING-URI. Das mußte, wie Ritter Konrad oder Grisler verstand, die braven Urner reizen. Der Tiroler wurde auf der Stelle entlassen – zu spät; der Name blieb im Gerücht für alle Zeit[8].

5.

»Die Namensverschüttung ist schon deshalb naheliegend, weil der Name des Hauptvogts, der nach den Chroniken über Schwyz und Uri waltete, uns weder durch die Urner noch durch die Schwyzer Historiographie, sondern einzig durch die ausländische Geschichtsüberlieferung mitgeteilt wird.« (Karl Meyer, *Die Urschweizer Befreiungstradition*, 1927) »Es läßt sich kaum verkennen, daß im Vogt Geßler eigentlich zwei Gestalten verschmolzen sind, nämlich ein Zwingherr im Lande Schwyz, der auf Schwanau sitzt und in jener Gegend (d. h. bei Küßnacht) erschlagen wird, und ein Tyrann im Lande Uri (der *Graf von Seedorf* in der Luzerner Chronik des Diebold Schilling), der den Apfelschuß erzwingt und an der Tellenplatte erschossen wird.« (August Bernoulli, 1881.)

6.

Freiherr von Attinghausen, selber Grund- und Leibherr und reichsfrei, somit dem Haus Habsburg rechtlich gleichgestellt, war Landammann von Uri, Inhaber der stärksten Burg im Tal. »Die Eidgenossen stellten nur zum Teil jenes Volk freier Bauern dar, mit dem unsere patriotische Phantasie die Urschweiz besiedelt. Die dortige Gesellschaft entsprach der Sozialstruktur des

Mittelalters, das heißt: sie war nach Ständen gegliedert. Ihre Mehrheit setzte sich — auf der untersten Etage — aus Grundhörigen zusammen: Leibeigenen, die zwar nicht wie Sklaven verkauft werden durften, ihrer Gutsherrschaft aber mit Frondiensten und Abgaben dienstbar waren.« (Marcel Beck, 1970) Infolgedessen hat der Reichsvogt korrekterweise mit dem Freiherrn von Attinghausen zu verhandeln, nicht mit dessen Leibeigenen.

7.
»Da König Rudolf bzw. seine Söhne in diesen Paßtälern das Geleitrecht hatten, dienten die Burgen auch zur Sicherheit der Kaufleute, als Stützpunkte der habsburgischen Verkehrs- und Zollpolitik, die fiskalisch sehr wichtig war.« (Karl Meyer, ebenda.) Über die Bedeutung der Burgen für den Ausbau der Landeshoheit vgl. K. Lamprecht: *Deutsches Wirtschaftsleben,* ferner E. Schrader: *Das Befestigungsrecht in Deutschland bis zum Beginn des 14. Jahrhunderts.*

8.
Friedrich Schiller übernahm das Gerücht, das Bauvorhaben bei Silenen-Amsteg sei unrechtmäßig gewesen, aus der patriotischen Chronik des Aegidius Tschudi (1502-1572).

Schlimm waren die Abende in Altdorf, diese Abende mit einem Fräulein von Bruneck und dem jungen Rudenz, der für die ältliche Jungfer viel zu jung war, aber geil auf ihr Erbe. Abende mit Fledermäusen in einem Turm. Sie würfelten. Auch wenn er kein Kopfweh hatte, ging der dickliche Ritter oft schon um neun Uhr ins Bett. So langweilig hatte er sich diese Dienstreise nicht vorgestellt. Offenbar ahnte er nicht, daß er sich in der Urschweiz[9] befand, also an der Geburtsstätte unserer Freiheit[10]. Als Ausländer, der er in jedem Fall war, ob Ritter Konrad oder Grisler, wunderte er sich über mancherlei. Der Senn, der täglich die Milch brachte, tat's mit einer Miene, daß man sich fragen mußte, ob er nicht in die Milch gepißt hatte. Wie es Ausländern heute noch eigen ist, bemerkte der dickliche Ritter lauter Eigentümlichkeiten, die nicht typisch sind oder die nur die Einheimischen zu würdigen wissen[11]. Manchmal fürchtete er sich vor diesen Berglern; ihre Seele blieb ihm verschlossen[12]. Fragte er unterwegs einen Hirten nach dem Wetter, so redete dieser plötzlich mit seinem Vieh, schlug mit einem Stock auf das stumme

Vieh, um es weiterzutreiben, und blickte nach einer Weile zurück, als gehe es einen fremden Fötzel[13] nichts an, das Wetter in Uri. So ritt er tagelang ohne jemand anzusprechen. Er sah ihre Hütten zwischen den Felsen; es dünkte ihn aberwitzig, daß Menschen in einer solchen Gegend wohnten, und sie taten ihm leid. Wenn er die sturen Felsen sah und das Geröll, überall Hänge von Geröll, verstand er, daß sie mürrisch waren, obschon er, Ritter Konrad oder Grisler, ihnen nichts zuleide getan hatte. Er lobte ihr Vieh. Im Durchschnitt waren sie klein und kräftig. In den ersten Tagen meinte er, alle hätten Kröpfe. Sie hatten diese kurzen und dicken Hälse, diese stämmigen Hälse, diese kurzen und stämmigen Nacken, wenig Hinterkopf, eine niedrige und kantige Stirn, darunter zwei Augen mit einem stechenden Blick. Eigentlich blickten sie einen nicht an, sie musterten. Sie hatten ein hartes Leben, aber sie waren stolz darauf. Sie waren Christen. Die Männer trugen das Heu auf dem Kopf, ganze Wolken von Heu, dann sah man nur ihre Beine, krumm vor Kraft der Waden. Sie wußten, wie man Käse macht, und brauchten sich von der Welt nicht belehren zu lassen. Ein Scherz konnte genügen, um es mit ihnen zu verscherzen. Genügsam wie ihre Väter und Großväter bauten sie ihre Hütten wie ihre Väter und Großväter; was nicht so war wie schon immer, schien ihnen bedenklich, geradezu des Teufels, der in diesen Tälern überhaupt eine große Rolle spielte[14]. Schon daß einer sich in ihre Täler wagte, machte ihn verdächtig; die Sennen, die einen Sommer allein auf ihrer Alp verbrachten, redeten lieber mit den Geistern als mit einem Unbekannten[15]. Ein einziges Mal kam der dickliche Ritter auf eine Alp und wunderte sich verständnislos: Kein einziger Baum, nur Kot von Kühen, Moor, Disteln, Gras zwischen Geröll, Wind, Fliegen auf dem schwarzen Kot, Bach mit Kieseln, vor allem Geröll, und nicht nur das Vieh glotzte ihn an, sondern auch der Senn, den er um Milch bat; der Senn glotzte und unterbrach seine Arbeit am Herd und glotzte, ohne zu sprechen[16]. Seither blieb der höfische Ritter unten im Tal. Ein stattlicher Bauer namens Walter Fürst, Inhaber eines großen Hofes im Tal, sagte wenigstens guten Tag und bot einen Sessel an; er selber, der Bauer, blieb stehen in Mißtrauen. Sie hatten einen Freibrief[17] und waren im Recht. Sie konnten sich unter einem Reich nichts vorstellen, was ihnen Nutzen bringt. Schon der fremde Schnitt eines Bartes mißfiel dem Bauern, denn in Uri trug man die Bärte anders und war im Recht. Gaben sie's zu, daß ihnen der Pfad über den Sankt Gotthard viel Nutzen brachte, Gewinn durch allerlei Handel mit habsburgischen Ländern, so verdankten sie es Gott, keinem anderen als Gott, der ab und zu eine Lawine fahren ließ, im übrigen aber sich nicht einmischte wie die Herren von Habsburg. Ritter Konrad oder Grisler oder wie immer er hieß, der dickliche Vertreter von König Rudolfs Erben, brauchte gar nicht zu reden; sie wollten nicht. Schließlich nahm er seine ritterliche Mütze von der Bank, nicht gewohnt, daß einer sich das Brusthaar kratzte, wenn man mit ihm redete, und erhob sich lächelnd – ohne Grund zu einem Lächeln – und wollte dem Bauern die Hand geben; nicht einmal das wollten sie[18], der Urner kratzte noch immer sein Brusthaar.

9.
Urschweiz, urschweizerisch usw. ist eine postume Bezeichnung. Die Verschwörer gegen Habsburg (Stauffacher-Gesellschaft) bezeichneten sich nicht als Schweizer, sondern als Eidgenossen. Schweizer wurde erst im österreichischen Lager der Schimpfname für sämtliche Waldleute, auch für die Nicht-Schwyzer. Vgl. hiezu Felix Hemmerli, *De nobilitate et rusticitate dialogus,* 1449: »Die Schwyzer waren eben die ersten Frevler gegen ihren Herrn, und so bekamen alle, welche der Reihe nach mit ihnen frevelten, auch ihren Namen.«

10.
Freiheit im Sinn von staatlicher Souveränität.

11.
Würdigung der schweizerischen Eigenart, d. h. die positive Interpretation von Verhaltungsweisen, die den Ausländer enervieren, findet sich in der schweizerischen Literatur wie auch in der schweizerischen Publizistik.

12.
Vgl. hiezu Eduard Renner: *Goldener Ring über Uri,* 1954.

13.
Fötzel ist in der Innerschweiz heute noch, trotz Tourismus, ein gebräuchlicher Ausdruck; er bezeichnet eine apriori-Minderwertigkeit des Ausländers. Über Xenophobie und Hotellerie besteht meines Wissens noch kein Standard-Werk. Die bäuerliche Xenophobie, vor allem in engen Tälern ein natürliches Phänomen, ist trotz Fremdenverkehr (1964: 32 325 000 Übernachtungen auf dem Gebiet der Eidgenossenschaft) keineswegs verlorengegangen; Devotheit gegenüber dem Ausländer, sofern er zahlungstüchtig ist, steht nicht im Widerspruch zur schweizerischen Eigenart.

14.
Siehe Josef Müller: *Sagen aus Uri,* 1926.

15.
»Zu Rinderbüel im Madranertal, da liegt unter mächtigem Steingeröll begraben ein ganzes Sennten (Sennerei). Dort rief es eines Abends, als die Älpler die Kühe molken, von der jähen, unheimlich über den Hütten drohenden Felswand: I lah's la gah (Ich laß es fallen). Der Senn setzte beide Hände in Trichterform an den Mund und rief durch dieses Sprachrohr zurück: Du magsch scho na g'ha! (Du kannst es schon noch halten.) Am nächsten Abend erscholl die Stimme wieder: I müess la gah! und noch einmal antwortete der unerschrockene Senn: Mal jetz häb nu ä chly! (Jetzt halte das nur einmal ein bißchen.) Der dritte Abend war eingezogen

23

in die stille Alp, die letzte Kuh wurde gerade gemolken, aber das ganze Sennten stand noch wiederkäuend beieinander, da schrie es wieder von der überhängenden Felswand herunter mit furchtbar drohender und doch fast bittender Stimme: Jäh, i müess la gah! (Jesses, ich muß es fallen lassen.) Der Senn rückte eben den einbeinigen Melkstuhl unter der Kuh weg, stellte sich mit dem vollen Eimer in der Hand auf und rief hinauf: So lach's äbä la chu! (So laß es eben kommen.) Und im Augenblick berstete krachend der Fels, fiel donnernd und Funken sprühend herunter und begrub das ganze herrliche Sennten mit dem Senn und den Knechten unter haushohen Trümmern und Steinblöcken.« (Josef Müller, *Sagen aus Uri*)

16.
»Ein Alpsenn hatte soeben erwellt, und ein großer Kessel voll der köstlichen milden Ziegenmilch lachte ihn an. Da dachte er: Jetzt gäbe ich doch gern einem armen Mensch genug z'saufen! Kaum gedacht, kam einer in die Hüttentüre, stützte seine Hände so auf das Halbtürchen und schaute in die Hütte hinein. Der Senn aber scheute sich, ihn anzureden. Nach einiger Zeit entfernte sich der Unbekannte, und als er neben der Hütte hinaufging, schrie er furchtbar. Der Senn hätte ihn anreden und ihm Ziegenmilch anbieten sollen, meinte die Erzählerin, dann hätte er ihn vielleicht erlösen können.« (Ebenda)

17.
Gemeint ist die Freiheitsurkunde, die König Heinrich, Sohn von Friedrich II. und dessen Reichsverweser in Deutschland, am 26. Mai 1231 den Urnern ausgestellt hat; vorher war das Tal Uri unter der hohen Gerichtsbarkeit der Reichsvogtei Zürich.

18.
Der Wille der Eidgenossen von 1291, keine Verpflichtungen gegenüber einem Völkerverein einzugehen, sondern sich auf die Nutznießung der Pässe zu beschränken, hat sich nicht ungebrochen bis ins 20. Jahrhundert erhalten. Erst nach einer Epoche kriegerischer Aggression und Expansion, die Macht vor Recht setzte, und erst nach der Niederlage bei Marignano 1515 siegte wieder die urschweizerische Denkart, der Verzicht auf Partizipation, ihr Anspruch auf Unabhängigkeit durch strikte Nicht-Integration (Neutralität); noch 1970 ist die Schweiz bekannt als Goldhort ersten Ranges und Nicht-Mitglied der UNO. Vgl. hiezu James Schwarzenbach, Begründer der Nationalen Aktion, 1. August 1970: »Unabhängigkeit ist unvereinbar mit der Integration, mit EWG, mit der UNO.«

Obschon die Untat sich nicht auf urnerischem Boden ereignet hatte, wußte jeder Urner davon, und wie Pfarrer Rösselmann sie zu berichten verstand, war der Bauer zu Altzellen natürlich im Recht, als er den habsburgischen Vogt, der splitternackt in einem Bottich saß und gerade sein verschwitztes Haar wusch, meuchlings mit einem Spaten erschlagen hatte[19]. Ohne Zweifel war der dickliche Ritter entsetzt, als er diese Geschichte von seinem Kollegen hörte, und schwieg vorerst . . . Beamte für diese Waldstätte zu finden war eben schwierig; wer sich irgendwie auszeichnete, daher bei den Herren von Habsburg in Gunst stand, so daß er einigermaßen einen Posten wünschen konnte, ging lieber nach Innsbruck oder Zürich, allenfalls nach Baden, nicht aber nach Sarnen oder Lowerz oder auf Rotzberg. Dieser Herr von Wolffenschießen, das wußte man damals in ritterlichen Kreisen, war zur Strafe nach Unterwalden versetzt worden, weil er's mit den Pagen trieb[20]. Es verwunderte daher den dicklichen Ritter, daß ausgerechnet dieser Wolffenschießen, in seiner Ārt ein liebenswürdiger Kollege, eine Unterwaldnerin habe verführen oder sogar vergewaltigen wollen. Ob es dafür, so erkundigte er sich vorsichtig bei Pfarrer Rösselmann, einen weiteren Zeugen gebe außer Gott. Denn er konnte es sich einfach nicht erklären[21]. Auch dünkte es den dicklichen Ritter, wenn er sich die Untat vorzustellen suchte, rätselhaft, daß ein Mann, der ein Weib will, sich selber entkleidet und dann im Bottich sitzt. Aber Pfarrer Rösselmann bestand darauf, als wäre er selber zugegen gewesen, und kein Urner zweifelte dran, daß es sich um versuchte Hurerei handelte, in Tateinheit mit Tyrannei; sonst hätte der Bauer von Altzellen, bekannt als frommer Mann, nicht zum Spaten gegriffen und dem badenden Vogt meuchlings den Schädel gespalten, was, wie Pfarrer Rösselmann durchblicken ließ, jederzeit wieder geschehen könnte ... Er war also gewarnt, der Vertreter von König Rudolfs Erben, von Christ zu Christ ... Es gebe der habsburgischen Untaten mehr, sagte Pfarrer Rösselmann, als er spürte, daß der dickliche Ritter zwar erschüttert war, aber im stillen noch immer zweifelte, wer bei dem Vorkommnis im Recht war, es gebe der habsburgischen Untaten mehr. Ob er, Vertreter von König Rudolfs Erben, beispielsweise die Geschichte von dem ebenfalls braven und frommen Melchtal kenne? Er kannte sie nicht. Sollte Melchtal, der Sohn, sich gefallen lassen, daß König Rudolfs Erben ihm die Ochsen vom Pflug spannten? Da wehrte er sich eben, wobei er einem Habsburger-Waffenknecht versehentlich den kleinen Finger brach. Was aber tat der Vogt darauf? Er wütete, er holte den greisen Vater und ließ ihm beide Augen ausstechen[22]. Auch diese Geschichte, nicht minder schauerlich, berichtete Pfarrer Rösselmann, als wäre er zugegen gewesen, und es war nicht Zweifel, sondern Ausdruck des Entsetzens, als der dickliche Ritter sagte: Ist das wahr? Er hielt die Hand vor seine eigenen Augen, so entsetzt war er, wie sehr diese Waldleute immer im Recht sind[23], und daran änderte es auch nichts, daß die Geschichte vom Melchtal schon damals, 1291, eine ziemlich alte Geschichte war.

19.

»Zu der Zeit hauste auf Altzellen ein wackerer
Mann, der hatte eine hübsche Ehefrau. Aber der
damals dort Herr war, der wollte diese haben,
ob es ihr lieb wäre oder leid. Und das sagte er
ihr. Sie aber tat wie eine rechtschaffene Frau
tut, und bat ihn, er möchte sie damit unbelästigt
lassen, denn sie wollte ihm niemals gehören.
Aber ihre Worte halfen nichts. Der Herr meinte,
seinen Mutwillen mit ihr treiben zu können, und
kam auf Altzellen in ihr Haus. Ihr Mann war ins
Holz gegangen. Der Herr zwang die Frau, ihm
ein Bad zu bereiten und sprach, sie müsse mit
ihm baden. Das Weib bat Gott, daß er sie vor
Schanden behüte, doch der Vogt ging ins Bad
und befahl ihr, zu ihm hinein zu sitzen. Sie war
verzweifelt, daß ihr Mann nicht kam, und da
Gott die Seinen, die ihn in Not anriefen, noch
nie verließ, kam der Mann und fragte, was sie
bedrücke. Sie sprach: Der Herr ist da und hat
mich gezwungen, ihm ein Bad zu machen. Dort
sitzt er jetzt und will, daß ich zu ihm komme,
damit er mit mir tun kann, was er gerne möchte.
Das wollte ich aber nicht und habe Gott gebe-
ten, mich vor Schande zu behüten. Der Mann
ward zornig, ging hin und schlug den Herrn sogleich mit der Axt tot, und bewahrte das Weib
vor Schanden. Das wollte Gott, daß er heim-

kam.« (*Das weiße Buch von Sarnen,* um 1470.)
Vergleiche die Chronik von Aegidius Tschudi
hundert Jahre später: »Do begert Er, Sie sölt
Im ein Wasserbad zubereiten, denn Er wäre
vom Wandeln schweissig und müd worden«,
was also noch kein unsittliches Ansinnen wäre;
trotzdem erschrickt die brave Bäuerin auch bei
Aegidius Tschudi, nur schickt Gott nicht ihren
braven Mann nach Hause, sondern sie holt ihn
draußen auf dem Feld. »Je älter die Erzählungen
sind, je einfacher erscheinen sie; je jünger,
desto umständlicher. Je die späteren Schriftsteller wissen mehr zu erzählen als die früheren.«
(Georg von Wyss, 1858, zur Geschichte der Urschweiz.) In keiner Chronik erwähnt wird das
Herbergsrecht, das der landesherrliche Vogt
hatte; alle Chroniken stimmen darin überein,
daß der Vogt, Herr von Wolffenschießen, im
Wasserbad saß, während die Bäuerin angeklei-
det blieb, und der einzige Zeuge dafür, daß der
Vogt mehr begehrte als ein Wasserbad, bleibt
die brave Bäuerin selbst.

20.
Chronikalisch gibt es keinen Hinweis auf die
Homosexualität des genannten Vogtes, was
allerdings auch daraus zu erklären wäre, daß
Homosexualität in der Urschweiz ein Tabu war.

21.
Noch 1943 kam es in dieser Gegend, da wir als
verschwitzte Soldaten an einem Dorfbrunnen
unsere Hemden auszogen und wenigstens den

nackten Oberkörper waschen wollten, zu einem Aufruhr; der Priester lief zum Hauptmann, beschwerte sich über unser lasterhaftes Treiben, das die Weiber des Dorfes verderben würde, und als der Hauptmann, ein Städter, darauf bestand, daß wir nach einem Tagesmarsch uns waschen dürften, versicherte der Priester, er und seine Gläubigen hätten in ihrem Leben noch niemals gebadet und stünden unter dem Segen Gottes.

22.

»Nun war auf Sarnen ein Herr von Landenberg im Namen des Reichs. Der vernahm, daß im Melchi einer wäre, der ein hübsch Gespann Ochsen hätte. Da fuhr der Herr zu und sandte einen seiner Knechte, ließ die Ochsen ausspannen und ihm bringen. Dem armen Mann ließ er sagen, die Bauern sollen den Pflug selber ziehen, die Ochsen wolle er haben. Der Knecht tat nach des Herrn Geheiß, ging hin und wollte die Ochsen ausspannen und sie nach Sarnen treiben. Der arme Mann aber hatte einen Sohn, dem gefiel das nicht. Er wollte die Ochsen nicht gerne lassen, und als des Herren Knecht das Joch ergriff, da schlug er mit dem Stock drein und brach dem Knecht seines Herrn einen Finger. Der Knecht ward böse darüber, ging heim und klagte dem Herrn, wie es ihm ergangen. Der ward zornig und drohte den Bauern Übles an. Der Sohn entfloh, doch der Vogt ließ seinen Vater holen, ließ ihn nach Sarnen auf seine Burg führen und blendete ihn dort, nahm ihm, was er hatte, und tat ihm also großes Leid an.« (*Das weiße Buch von Sarnen*.) Auch hier weiß Aegidius Tschudi hundert Jahre später zu präzisieren: »von einer geringen Ursachen wegen, da sin Sun Arnold von Melchtal söllt übertretten haben, und in Straff gefallen sin«, d. h. die Beschlagnahme der Ochsen erfolgte als Strafe für ein Vergehen vorher. Ferner wird bei Tschudi erkennbar, warum der arme Vater (»Heinrich von Melchtal, ein wiser, verständiger, ehrbarer, hablicher Mann«) geblendet wird: er verschweigt, wo sein unbotmäßiger Sohn sich aufhält. »Die Blendung, womit der greise Melchi-Bauer bestraft wurde, ist eine der gebräuchlichsten Strafarten des Mittelalters.« (Karl Meyer, ebenda.)

23.
Die Tendenz der mündlichen Überlieferung, das eigene Kollektiv zu rechtfertigen, ist natürlich. Vgl. hiezu Johannes Dierauer, 1887: »der Eigenliebe des Volkes schmeichelnde Geschichten«. Vgl. ferner die mündliche Überlieferung in der Neuzeit, z. B. wie die Schweiz sich im Zweiten Weltkrieg meint verhalten zu haben. Schon nach einem Vierteljahrhundert werden Vorkommnisse vergessen oder zumindest nicht überliefert, die etwa unsere Gewißheit, die Schweiz sei immun gegen Faschismus, erschweren könnten. Die mündliche Überlieferung setzt sich sogar gegen Dokumentationen durch, wie sie dem mittelalterlichen Chronisten nicht zur Verfügung standen; die Publikation von Dokumenten bringt daher nicht selten einen Schock,

wie z. B. der sog. Bonjour-Bericht über die Neutralität der Schweiz im Zweiten Weltkrieg, verfaßt zuhanden des Bundesrates und 1970 dem Volk erst nach einigem Zögern vorgelegt. Hätten auch wir, wie damals die Urschweiz, nur die mündliche Überlieferung (Stammtisch, Volksschule usw.), so gäbe es in der Schweiz von 1933 bis 1945 beispielsweise keine hitler-freundlichen Großbürger und Offiziere usw. und dies schon nach einem Vierteljahrhundert mündlicher Überlieferung. — *Das weiße Buch von Sarnen,* die früheste Chronik des Schwurbundes in den Waldstätten, wurde erst 180 Jahre nach den Vorkommnissen verfaßt. (Vgl. hiezu *Quellenwerk zur Entstehung der Schweizerischen Eidgenossenschaft,* herausgegeben von der Geschichtsforschenden Gesellschaft der Schweiz, Abteilung III Chroniken, Band 1, »Das Weiße Buch von Sarnen«, 1947.)

Zu einer ersten Begegnung mit dem Mann, der später als Wilhelm Tell durch zahlreiche Dichtungen berühmt wurde, kam es wahrscheinlich oberhalb Amsteg, wo Ritter Konrad oder Grisler, eher aber Konrad von Tillendorf[24] sich eines Tages auf der Jagd befand. Der dickliche Ritter, der an diesem Tag wieder sein Kopfweh hatte, saß an der Reuß und ließ die andern jagen. Gern hätte er die Stiefel ausgezogen, seine Füße nackt in das eisige Wasser gehängt; das war im 13. Jahrhundert das beste Mittel gegen Kopfweh. Leider war er nicht allein, und das Fräulein von Bruneck, das ihm wieder Gesellschaft leistete, redete pausenlos in die rauschende Reuß. Er nickte ab und zu, wußte schon ungefähr, was sie gesagt haben könnte, und sammelte zwischen seinen Stiefeln kleine und größere Steine, um sie in den reißenden Bach zu werfen, als wollte er die Berge abtragen. Auf den Bristen oder auf die Windgälle zu klettern, das fiel einem mittelalterlichen Mann noch nicht ein. So saß man denn bei Amsteg, was bekanntlich ein Loch ist. Hochoben ein blauer Tag. Einmal sagte er: Nichts gegen die Leute von Uri! und da sie ihn

34

ebenfalls nicht verstehen konnte, mußte er's fast brüllen: Nichts gegen die Leute von Uri! Es war einfach nicht der Ort für ein Gespräch, und eigentlich war Herr Konrad (so nannte ihn die gesellige Jungfer) froh darum. Er wußte nicht, was mit ihm los war. Er sah nur noch Tannen und Geröll. Wieder fragte er das Fräulein, ob heute Föhn sei. Dann versuchte er irgend etwas zu denken. Das Fräulein fand den Platz mit Moos sogar entzükkend, überhaupt die Gegend, diese Tannen und dieses Geröll und diese Wasserfälle und diese Luft. Es war, als stehe die Zeit. Als er nach langem Schweigen feststellte, daß er immer noch Steine, jetzt aber größere, in den stiebenden Bach warf, erfaßte ihn die Panik: nicht weil er seine bevorstehende Ermordung ahnte, sondern weil ihm zu diesem Geröll einfach nichts einfiel. Es machte ihn stur. Daher sein Ausspruch: Nichts gegen diese Leute von Uri! ... Sein Knecht, Rudolf der Harras, der die beiden Pferde betreute, hatte sich für den Fall, daß der Herr Vogt sich dem freien Fräulein nähern sollte, in geziemender Entfernung niedergelassen und war offenbar eingeschlafen, so daß er den einheimischen Heuer oder Senn nicht bemerkte, der breitbeinig den steilen Hang herunterkam, eine Armbrust auf der rechten Schulter, dazu einen Bub an der andern Hand. Es war das Fräulein von Bruneck, das flüsterte: Es kommt jemand!

Es ist anzunehmen, daß der Ritter, als er sich jetzt umdrehte, nicht als erster grüßte. Ob Heuer oder Senn oder Wilderer, jedenfalls war's ein Einheimischer: ein untersetzter Mann, stämmig mit nackten Knien und in einem weißlichen Kittel mit Kapuze, wie die Heuer sie brauchen, damit das Heu, wenn sie es auf dem Kopf tragen, nicht im Nacken kitzelt; er trug aber kein Heu an diesem Tag, sondern nur eine Armbrust leicht auf der Schulter. So kam er breitbeinig und mit einem Bart und stämmig über den steilen Hang herunter; der Bub an seiner Hand wirkte fröhlich. Konrad von Tillendorf, verblüfft über die Erscheinung, wartete auf einen schlichten Gruß nicht dringlich, aber vergeblich; der Einheimische blieb stehen, nahm seine Armbrust von der Schulter und spannte sie mit Hilfe seines Fußes, nahm einen Pfeil aus dem Köcher und zeigte dem Bub, wie man den Pfeil auf die Armbrust legt, dann hielt er Ausschau nach Vögeln. Da flog aber nichts. Es war schade; der Ritter hätte gerne einmal gesehen, wie ein Pfeil und ein Vogel flugs zusammenfliegen. Als jetzt der aufgeweckte Bub bemerkte, daß da ein Ritter und ein Fräulein an der Reuß saßen, konnte Konrad von Tillendorf nicht umhin: er nickte – und der Armbrust-Vater schaute jetzt auch[25]. Er nickte seinerseits nicht, sondern steckte den Pfeil in den Köcher wie ein ertappter Wilderer und ging weiter,

36

als wäre nichts gewesen, breitbeinig die Wiese hinunter, wieder die Armbrust auf der Schulter. Der
Bub blickte noch zweimal zurück . . . Gern hätte er
den stämmigen Wilderer gefragt, wie es weiter
droben aussieht, wenn man zum Sankt Gotthard
steigt; ob da Schnee sei usw. Er wäre kein Wilderer, meinte das Fräulein, sondern Jäger, Schütze
von Beruf. In allem meinte sie Bescheid zu wissen,
diese Bertha, die auch nicht verbürgt ist[26]. Sie hielt
sich für schick in ihrem Kleid aus Luzern, saß aufrecht, zog Halme durch ihren schmalen Mund.

24.
Urkundliche Formen: Tilndorf, Tilendorf, Tillen-
dorf, Thillingsdorf, Tellindorf, Dillendorf. Hiezu
Karl Meyer: »In diesem Fall nannte man in der
Urschweiz den verhaßten Vogt kurzerhand Tillen
und seinen Bezwinger den Tillenschützen oder
Tillentöter oder Tillen-Willi.« (*Die Urschweizer
Befreiungstradition.*)

25.
Zum Streit der Gelehrten über die Geschichtlich-
keit der Figur, deren Armbrust bekanntlich zum
Signet für schweizerische Qualität wurde, schreibt
August Bernoulli um 1872: » Der Umstand, daß
wir den wirklichen Namen weder des Schützen
noch des Getöteten kennen, ist doch sicher kein
Grund, um die Sache an sich zu bezweifeln.«
Vgl. hiezu auch Robert Walser: »Ich bin zum
Beispiel überzeugt, daß, um auf Wilhelm Tell
zurückzukommen, der Schweizer, der die Freiheit liebt, dem eine verhältnismäßig interessante
Behausung bewohnenden Landvogt viel zu ver-
danken hat, indem letzterer ersteren zu Taten
usw. anspornte.«

26.
Friedrich Schiller ging bei der Erfindung eines
Fräuleins von Bruneck davon aus, der berüch-

tigte Vogt habe Geßler (oder Gesler) geheißen (was nicht stimmt) und infolgedessen Brunegg innegehabt. Trotzdem ist es nicht ausgeschlossen, daß es in Uri ein Fräulein von Bruneck oder Brunegg gegeben hat; nur spielte sie für den Schwurbund von 1291 keine Rolle und kommt in der *Urschweizer Befreiungstradition* nicht vor, weil sie den Waldleuten gegenüber keine Schandtaten beging.

Es wurde Juli, und der dickliche Ritter, der sich Tag für Tag nach dem flachen Lande sehnte, wartete noch immer darauf, daß der Freiherr von Attinghausen ihn endlich empfangen könnte zu den Verhandlungen betreffend Wegrecht, Zölle, Gewaltsverzicht usw.[27]. Persönlich hatte er kein Interesse daran, daß Habsburg sich dieses Tal von Uri untertan machte, im Gegenteil, das hätte bedeuten können, daß er, Ritter Konrad oder Grisler, auf Lebenszeit in dieses Tal versetzt worden wäre – ein Gedanke, der ihn bei hellichtem Tag rücklings aufs Bett warf ... So lag er denn, die ritterlichen Stiefel an den Beinen und die Hände unter dem Nacken, Blick zur Decke, als der Knecht ihm meldete, drüben auf Attinghausen weile gerade der Landammann von Schwyz[28]. Ob er sich nicht getäuscht habe, fragte der dickliche Ritter, um nicht vom Bett aufspringen zu müssen vor Zorn über diese Waldleute. Während er, Ritter Konrad oder Grisler, seit Wochen wartete, um empfangen zu werden als Vertreter von König Rudolfs Erben, empfangen sie deren Untertan! Das fand er allerhand, aber er stellte nur seine

40

Stiefel auf den Boden und blieb sitzen auf dem Rand des Bettes, im Augenblick zu müde, um an eine Verschwörung zu glauben[29]. Er schüttelte bloß den Kopf – statt sich sofort aufs Pferd zu setzen und mit seinen Waffenknechten hinüber zu reiten und diesen Stauffacher, der den Habsburgern nachgerade bekannt war, verhaften zu lassen[30]. Er trat vor einen Spiegel, zog mit dem Finger sein unteres Augenlid herab, um zu prüfen, ob die Galle schon das Auge verfärbte – was das bedeutete, wußte er: Gelbsucht . . .

27.

»Es gab damals keinen Konflikt zwischen der Herrschaft und den Ländern, der nicht gütlich, nämlich vor Gericht, hätte erörtert werden können. Auch der chronische Streit der Schwyzer mit den Klöstern Einsiedeln und Steinen war — vor Morgarten — jeweils auf dem Weg unblutigen Prozesses ausgetragen worden, wobei hier, notabene, meist die Gegenseite zu klagen hatte.« (Marcel Beck, 1970 in einem Interview mit *Sonntags Journal*, Zürich.)

28.

»Zur selben Zeit war einer in Schwyz, der hieß Stauffacher, und wohnte zu Steinen, diesseits der Brücke. Der hatte sich ein schönes Steinhaus gebaut. Da ritt eines Tages Geßler vorbei, der zu jenen Zeiten dort in des Reichs Namen Vogt war, und rief den Stauffacher und fragte, wem die hübsche Herberge wäre. Der Stauffacher gab Antwort und sprach bedrückt: Gnädiger Herr, es ist euer und mein Lehen. Und er getraute sich nicht zu sagen, daß sie sein Eigen sei, so fürchtete er den Vogt, und der ritt weiter. Der Stauffacher aber war ein weiser Mann und hatte auch eine kluge Frau. Er beschäftigte sich mit der Sache, und er fürchtete, daß der Vogt ihm Leib und Gut nehmen möchte.« (*Das* weiße Buch von Sarnen, um 1470.) Vgl. hiezu A. Coulin: »Befestigungshoheit und Befestigungsrecht«. Irgendeine Maßnahme oder auch nur ein Wort des Vogtes, wodurch Stauffacher sich bedroht fühlen mußte, werden von keinem Chronisten überliefert; es steht lediglich fest, daß Stauffacher nach seiner ausweichenden Antwort nach Uri geflohen ist. »Im Lande Uri — der nähere Ort ist nicht genannt — gründet Stauffacher von Schwyz den habsburgfeindlichen Parteibund.« (Karl Meyer, ebenda.) Wie es dann im Bundesbrief heißt: »gegen die Arglist der Zeit.«

P. S.

Ein ähnlicher Verstoß gegen Bauvorschriften, wie ihn Stauffacher begangen hat, kann in einem Rechtsstaat dazu führen, daß das Gebäude abgerissen werden muß. Ein Fall, der zeigt, daß der Stauffacher-Geist heute noch lebendig ist, entnehmen wir der Tagespresse:

»Ingenieur Linder hat Strafklage eingereicht, weil das Büro für Nationalstraßenbau angeordnet hatte, daß sein Haus am Südausgang des künftigen Gotthard-Straßentunnels abgerissen werden soll. Der Ingenieur und Major hatte die Arbeiter am letzten Dienstag mit einem Gewehr in der Hand aus dem Haus gewiesen, als sie mit dem Abbruch beginnen sollten. Vor der Presse präzisierte er, daß das Gewehr, bei dem es sich nicht um eine Ordonnanz-Waffe gehandelt habe, nicht geladen gewesen sei. Kurz nach sieben Uhr sei er nach Hause gekommen und habe fest-

stellen müssen, daß ein Dutzend Arbeiter sich gewaltsam Zugang verschafft hätten. Da weder eine Gerichtsperson noch die Polizei zugegen gewesen sei, habe er sich ganz allein einer ›ungesetzlichen Lage‹ gegenüber gesehen. Nach der Flucht der Arbeiter habe er den Vorfall der Polizei gemeldet. Linder erklärte, das National-straßen-Büro sei im Unrecht, weil es den Abbruch angeordnet habe. Sein Haus ist in der Zwischenzeit demoliert worden; die Möbel befinden sich in einem Lagerschuppen.«
(31. 8. 1970)

29.
»Die Heimlichkeit, in welcher sich die befreienden Taten vollziehen, die überfallartige Tötung von zwei österreichischen Vögten, die Verborgenheit der Beratungen am Rütli und auf Treichi, Stauffachers Besorgnis und ausweichende Antwort dem Vogt gegenüber, die Flucht des Schwyzers und der beiden Unterwaldner (Melchtal, Baumgarten) ins Reichstal Uri: das alles sind Dinge, die erst im Laufe der Zeit den Schimmer des Glorreichen empfingen. Ursprünglich wurden sie, wie im Mittelalter heimliche Taten überhaupt, als nicht unbedenklich empfunden.« (Karl Meyer, *Die Urschweizer Befreiungstradition*)

30.
»Als Leiter des Schwyzer Ammänner-Kollegiums kommt Rudolf Stauffacher gleich nach dem Übergang des Landes an die Linie König Rudolfs in Streit mit den habsburgischen Vögten,

als er das Zisterzienserinnen-Kloster Steinen besteuert; er trotzt dem die klösterliche Steuerfreiheit schützenden Ritter Hartmann von Baldegg, Rudolfs obersten Haus- und Reichsbeamten, so daß die Nonnen sich an die Königin wenden.« (Karl Meyer, ebenda)

Einmal fragte ihn ein Kind: Bist du jetzt der Toggeli? wahrscheinlich weil die Gelbsucht langsam
sein Gesicht verfärbte. Als Ritter Konrad oder
Grisler, selbst Vater, belustigt und ohne Ritter-
Allüren fragte, was denn ein Toggeli wäre, lief das
Kind mit Entsetzen davon, und er begriff nur, daß
er nicht hätte lachen dürfen. Das Kind schrie, als
habe der Herr Vogt es mit der Peitsche mißhan-
delt. Später fragte er den jungen Rudenz, was das
Kind wohl gemeint habe; Rudenz errötete, als
hätte das Kind etwas Ungehöriges oder Treffendes
gesagt, und gab sich weltmännisch, indem er versicherte, es gebe heutzutage keine Toggeli mehr[31].

31.

»Golzern war vor alten Zeiten eine Alp. Im jetzigen Metzgerberg stand eine Hütte, da walteten drei Alpknechte oder drei Brüder, ein Senn, ein Küher und ein Diener. Sie hatten wenig Arbeit, denn das Vieh brauchte auf der Weide fast gar nicht gehütet zu werden und wurde nie gestallt. Einst, da sie vor Übermut und vor Langeweile nicht mehr wußten, was anfangen, gingen sie hin, schnitzten aus einem Stück Holz einen rohen Kopf, kleideten denselben in Lumpen und stellten die so entstandene Figur hinter den Tisch. Sie hatten ihr Gespött mit diesem Toggel oder Tunsch (auch Tunggel genannt) und nannten ihn »Häusäli«; mein Gewährsmann meint, das heiße Hanseli. Wenn sie geschwungene Nidel aßen, fragten sie: »Häusäli, magsch au?« und warfen ihm einen Schläck zu; wenn sie ihren Nidelreisbrei verzehrten, fragten sie wieder: »Häusäli, magsch au ä Bitz?« und strichen ihm einen Chleipis unter die Nase und ums Maul. Nach und nach gaben sie ihm den Löffel in die Krallen und zeigten ihm, wie er dazu tun müsse, wenn er fressen wolle. Und bigoscht hindärä! Der Toggel fing an zu fressen! Da erschraken sie zuerst, gewöhnten sich aber für und für daran und trieben wieder ihre Späße. Als sie einmal Karten spielten, fragte der Senn: »Häusäli, wet-

tisch au spilä?« und gab ihm die Karten in die
Taapen; zuerst mußte er nur die Karten halten
und sein Partner schaute sie selber auf und
spielte sie aus. Nach und nach hielt aber der
Tunsch die Karten fest und spielte selber. Das
war ein Spaß! Von nun an spielte er jedesmal
mit, und wer's mit ihm hatte, der gewann immer.
Der Balg nährte sich gut und gedieh. Alle Sonn-
tage mußten sie ihn auf den benachbarten
Chrottäbiel an die Sonne hinübertragen, und er
war so fett, daß alle Alpknechte miteinander
ihn kaum zu tragen vermochten. Als sie in den
Oberstafel fuhren, nahmen sie ihn mit und
ebenso wieder, als sie im Herbst nach Golzern
zurückkehrten. Am buntesten mit ihm trieb's halt
doch der Senn. Der Sommer war dahin; die
Alptriften erbleichten, und der Winter hatte
schon die ersten Vorposten auf die Bergspitzen
gestellt. Da hieß es abfahren von der Alp. Als
die Kühe zusammengetrieben waren und alles
bereit stand, stellte sich auch Häusäli ein, aber
nicht um einen rührenden Abschied zu feiern.
Mit ernster und fester Gebärde gebot der Toggel dem Senn, als dem Oberhaupt der Alp, zu
bleiben, den andern erlaubte er, abzufahren,
aber ja nicht zurückzuschauen, bis sie das Egg
erreicht hätten. So geschah es, der Senn blieb,
die andern zogen mit dem Vieh ab, und als sie
die Egg erreicht hatten, schauten sie zurück und
sahen mit Zittern und Schrecken, wie der Toggel
des Senns blutige Haut auf dem Hüttendach
ausspreitete. Seitdem heißt der Ort Metzgerberg.« (Josef Müller, *Sagen aus Uri*)

48

Die Konferenz zu Attinghausen, wahrscheinlich Ende Juli[32], verlief ergebnislos. Man saß in einem keineswegs bäuerlichen Saal, der Greis trug eine Mütze aus lombardischem Samt, saß in einem Sessel, dessen geschnitzte Rückenlehne ihn überragte, und sagte nichts, sondern hüstelte. Um nicht mit der Türe ins Haus zu fallen, redete der Vertreter von König Rudolfs Erben vorerst allgemein: vom Wandel der Zeit. Obschon man sich ein Ende dieses Mittelalters nicht vorstellen konnte, meinte der dickliche Ritter, ein gewisser Wandel wäre kaum aufzuhalten, sogar zu wünschen, gewisse Einrichtungen auf Erden wären noch zu verbessern usw. Der Greis von Attinghausen blickte wie ausgestopft, wenn auch ohne Anzeichen von Hirnschlag; er sagte: »wie vor des chünges zyten[33].« Ein Knecht brachte lombardischen Wein[34]. Wie immer wenn er sich lockerer geben wollte, als er im Augenblick war, hatte Konrad von Tillendorf die Unart, seine Beine übereinanderzuschlagen und mit seinem Handschuh zu tändeln. Es gehe König Rudolfs Erben nicht nur um Zölle[35], sagte er, aber kam nicht weiter mit seiner Rede. »Wie vor des chünges

zyten«, etwas anderes kam für Uri nicht in Frage,
»wie vor des chünges zyten!« Er hatte gehofft, der
junge Rudenz würde vermitteln. Das war nicht der
Fall. Uli (so nannte ihn der Oheim) unterstützte
den Greis in seinem Schweigen, und Ritter Konrad
oder Grisler redete viel zu viel. Als er sich dessen
bewußt wurde und schwieg, hörte man die Reuß,
denn der Freiherr von Attinghausen schwieg ebenfalls, denn er hatte es schon zu Anfang gesagt:
»wie vor des chünges zyten[36].« Es kann sein, daß
der dickliche Ritter nach und nach lächelte: Ein
Volk, das nur auf Vergangenheit sinnt! Nachdem
der Greis und Landammann von Uri gemurmelt
hatte, daß man nämlich König Rudolfs Erben
nicht anerkenne, hätte der dickliche Ritter eigentlich aufstehen können. Er nahm endlich einen kleinen Schluck von dem lombardischen Wein, bevor
er, jetzt ohne Lächeln, auf die Frage der Anerken-
nung zurückkam; er hielt es für einen Tatbestand,
daß es die Habsburger gab, ein Ergebnis der Geschichte, aber der Greis von Uri schüttelte weiter-
hin den Kopf: »wie vor des chünges zyten«, so und
nicht anders, »wie vor des chünges zyten[37]«. Jetzt
sagte er nichts mehr, der dickliche Ritter, der im
stillen meinte: So denkt eben ein Greis, seine
Enkel werden anders denken[38]. Was er nun nicht
mehr hören konnte: diese Baumgarten-Geschichte
mit dem unzüchtigen Vogt, der ein Bad verlangt

hatte usw., sowie diese Melchtal-Geschichte mit der grauenvollen Strafe für einen kleinen Finger usw.[39]. Als er, langsam schon ungeduldig, Baumgarten kurz einen Mörder nannte, mußte er's endlich begreifen: Herr von Attinghausen war schwerhörig, denn statt sich zu entrüsten über diese ausländische Ansicht, nickte der Greis, nickte, als hätte man den badenden Vogt als Mörder bezeichnet. Einen Augenblick lang war er verlegen, so daß er unwillkürlich an seinem Handschuh zupfte, dann erkundigte er sich bei dem jungen Rudenz nach dem Grad der Schwerhörigkeit seines Oheims. Er wäre nicht taub, so hieß es, nur schwerhörig, was aber nichts an seinem Standpunkt änderte. Gerade der Umstand aber, daß der maßgebliche Greis von alledem, was König Rudolfs Erben ihrem reichsfreien Nachbarn unterbreiteten, schätzungsweise nicht einen Zehnten verstanden hatte, gab dem dicklichen Ritter nochmals Hoffnung; er rückte seinen Sessel näher und trug's noch einmal vor – jetzt aber mit lauter Stimme... Er irrte sich nochmals; der Greis von Attinghausen, Grundherr und reichsfrei, ließ sich nicht anbrüllen und von Habsburg schon gar nicht[40]. Die Konferenz war zu Ende[41]. Der dickliche Ritter, als er die Burg von Attinghausen verlassen hatte, streckte die Hand aus (ohne Handschuh): es regnete, es war kein Föhn, es konnte nicht am Wetter liegen.

32.
Ob der Hinschied von König Rudolf (15. 7. 1291) in den Waldstätten schon bekannt war, ist nicht erwiesen, jedoch für die Konferenz unwichtig. »Die Hoffnung auf das bevorstehende Ableben des kränkelnden greisen Königs, wo(bei) das Haus Habsburg die Verfügung über die Machtmittel des Reiches einbüßen würde, hatte schon längst zu politischen Vorbereitungen geführt.« (Karl Meyer, *Die Urschweizer Befreiungstradition*)

33.
Gemeint ist die Zeit des Interregnums: 1245 (Absetzung Friedrichs II. durch den Papst) bis 1273.

34.
Konnte die Äbtissin von Zürich von ihren Lehensgütern in Uri noch Wein und Getreide als Zins und Zehnten fordern, so beweist diese Forderung, daß es im 12. Jahrhundert noch einen einheimischen Weinbau gab. Der Sankt Gotthard wurde erst im 12. Jahrhundert ein gangbarer Paß, nachdem der Bau der sog. Teufelsbrücke gelungen war. Die erste Sicherung dieses Handelsweges und damit dessen Nutzung übernahmen vor allem die Freiherren von Attinghausen. (Nach Eduard Renner, *Goldener Ring über Uri*, 1954) Bereits zu dieser Zeit war der lombardische Wein billiger als der einheimische.

35.

»Die ältere (österreichische) Habsburgerlinie hat in der rudolfinischen Zeit fast alle Nachbarn Uris unter ihre Hoheit gebracht: 1273 Schwyz und Nidwalden, 1264 das Tal Glarus . . . vor allem aber gewann Habsburg-Österreich die Gotthardroute: 1283 das Gotthardtal Ursern, dann die rotenburgischen Vogteirechte über Luzern und Umgebung . . . Die Gotthardzölle, einheitlich in Luzern zusammengelegt, bildeten den Rückgrat des habsburgischen Finanzwesens in den Stammlanden. Das Paßtal Uri wurde so eine *Reichsenklave* mitten im habsburgischen Besitz am Gotthard und gelangte, wie die übrigen Reichskommunen in unserem Land, zweifellos unter die Aufsicht habsburgischer Hausbeamter: diese besorgten ja in unseren Gebieten in Personalunion Haus- und Reichsverwaltung.« (Karl Meyer, *Gründung der Eidgenossenschaft im Lichte der Urkunden und Chroniken,* 1930)

36.

Der Glaube an das Althergebrachte, eine Essenz urschweizerischer Denkart, wobei man Neuerungen mehr fürchtet als Rückständigkeit, hat sich bis zum heutigen Tag erhalten. Vgl. beispielshalber Hausvorschriften für die Strafanstalt Regensdorf im Kanton Zürich: »Der Gefangene wird vom Personal mit seiner Nummer angesprochen . . . Jeder Gefangene begibt sich einzeln zum Abort, um den Nachttopf zu leeren und auszuspülen, und kehrt sofort in die Zelle zurück . . . Personen, die nicht blutsverwandt sind, haben kein Anrecht, Besuche zu machen . . . Der Besuch ist auf 30 Minuten beschränkt und beaufsichtigt . . . Mündlicher und schriftlicher Verkehr zwischen den Gefangenen ist untersagt. Es herrscht grundsätzlich Schweigegebot. Auf dem Weg zur Kirche, während des Gottesdienstes und den Veranstaltungen sowie auf dem Rückweg in die Zelle ist jegliche Unterhaltung untersagt. Auf dem Weg zur Arbeit und zurück ist absolute Ruhe geboten. Beim Isoliertenspaziergang wird Einerkolonne mit einem Abstand von 3 Metern eingehalten. Sprechen ist verboten. Beim gemeinsamen Spazieren darf in Zweierkolonne spaziert werden in einem Abstand von ca. 2 Metern zwischen den Gliedern. Eine schickliche Unterhaltung ist gestattet. Es ist unvorsichtig, seine persönlichen Angelegenheiten mit andern Gefangenen zu erörtern. Vor allem soll andern Gefangenen die Adresse der Ehefrau und anderer Angehöriger nicht mitgeteilt werden. Die Zensur der ein- und ausgehenden Post untersteht der Direktion. Postsendungen von ehemaligen Mitgefangenen können ohne Mitteilung an den Adressaten zu den Personalakten gelegt werden –«

37.
»vor des chünges zyten, das war der status debitus, den sie in der Arenga ihres Bundesbriefes meinen.« (Karl Meyer, ebenda)

38.
Vgl. hiezu die Publikationen der Schweizerischen Offiziersgesellschaft: *Die geistige Landesverteidigung*, 1967. Unhaltbar, weil undialektisch, ist die Darstellung von Friedrich Engels: »Die Urschweizer haben sich zweimal in der Geschichte bemerklich gemacht. Das erste Mal, als sie sich von der österreichischen Tyrannei glorreich befreiten, das zweite Mal in diesem Augenblick, wo sie mit Gott für Jesuiten und Vaterland in den Kampf ziehen. Die glorreiche Befreiung aus den Krallen des österreichischen Adlers verträgt schon sehr schlecht, daß man sie bei Licht besieht. Das Haus Österreich war ein einziges Mal in seiner Karriere progressiv; es war im Anfang seiner Laufbahn, als es sich mit den Spießbürgern der Städte gegen den Adel alliierte und eine deutsche Monarchie zu gründen suchte. Es war progressiv in höchst spießbürgerlicher Weise, aber einerlei, es war progressiv. Und wer stemmte sich ihm am entschiedensten entgegen? Die Urschweizer. Der Kampf der Urschweizer gegen Österreich, der glorreiche Eid auf dem Grütli, der heldenmütige Schuß Tells, der ewig denkwürdige Sieg von Morgarten, alles das war der Kampf störrischer Hirten gegen den Andrang der geschichtlichen Entwicklung, der Kampf der hartnäckigen, stabilen Lokalinteressen gegen die Interessen der ganzen Nation, der Kampf der Rohheit gegen die Bildung, der Barbarei gegen die Zivilisation . . . Zwei Invasionen sind in der neueren Zeit gegen diese Sitteneinfalt und Urkraft ver-

sucht worden. Die erste war die der Franzosen 1798. Aber diese Franzosen, die sonst überall doch etwas Zivilisation verbreitet haben, scheiterten an den Urschweizern. Keine Spur ihrer Anwesenheit ist geblieben, kein Jota haben sie von den alten Sitten und Tugenden beseitigen können. Die zweite Invasion kam zwanzig Jahre später und trug wenigstens einige Früchte. Das war die Invasion der englischen Reisenden, der Londoner Lords und der zahllosen Lichterzieher, Seifensieder, Gewürzkrämer und Knochenhändler, die ihnen folgten. Diese Invasion hat es wenigstens dahin gebracht, daß die alte Gastfreundschaft ein Ende nahm und die ehrlichen Bewohner der Sennhütten, die früher kaum wußten, was Geld sei, sich in die habgierigsten und spitzbübischsten Preller verwandelten, die es irgendwo gibt . . . Der größte Stolz dieser vierschrötigen Urschweizer war von jeher, daß sie nie von den Gebräuchen ihrer Vorfahren auch nur um ein Haarbreit gewichen sind, daß sie die einfältige, keusche, biedere und tugendsame Sitte ihrer Väter im Strome der Jahrhunderte unverfälscht bewahrt haben. Und das ist wahr, jeder Versuch der Zivilisation ist an den granitnen Wänden ihrer Felsen und ihrer Schädel abgeprallt . . . Wer verteidigte am 14. Juli 1789 die Bastille gegen das anstürmende Volk, wer schoß hinter Mauern die Arbeiter des Faubourg St.-Antoine mit Kartätschen und Flintenkugeln nieder? Urschweizer aus dem Sonderbund, Enkel Tells, Stauffachers und Winkelrieds. Wer verteidigte am 10. August 1792 den Verräter Ludwig XVI.

im Louvre und in den Tuilerien gegen den gerechten Zorn des Volkes? Urschweizer aus dem Sonderbund. Wer unterdrückte, mit Hülfe Napoleons, die neapolitanische Revolution von 1798? Urschweizer aus dem Sonderbund.« (Geschrieben 1847.)

39.
Sowohl *Das Weiße Buch von Sarnen* (um 1470) als auch die Chronik des Aegidius Tschudi (1505 bis 1572) sowie sämtliche Tellenspiele belegen ihre pauschale Klage über die habsburgischen Vögte (»sie taten den Leuten großen Drang an«) lediglich mit zwei konkreten Fällen: Cunrad von Baumgarten, Arnold von Melchtal. Schon der Fall des Stauffacher, der ohne landesherrliche Erlaubnis sich ein Steinhaus gebaut hat und dafür zur Rede gestellt wird, eignet sich weniger, da Stauffacher auf seine Ausrede hin nicht bestraft wurde, er floh trotzdem nach Uri, um sich als Verschwörer zu betätigen.

40.
Unter Freiheit verstehen die Eidgenossen von 1291 in erster Linie: Freiheit von Habsburg. »Wir wollen frei sein wie die Väter waren«, die Parole, die Friedrich Schiller gestiftet hat und die in der heutigen Schweiz noch in feierlichem Gebrauch ist, richtet sich keineswegs auf die einheimischen Besitzverhältnisse, d. h. es geht nicht etwa um die Freiheit des Arbeitnehmers, so wenig wie der Rütli-Schwur je die Freiheit der einheimischen Grundhörigen meinte: »Ita tamen

quod quilibet homo iuxta sui nominis conditionem domino convenienter subesse debeat et servire.« Gemeint war also die Freiheit der einheimischen Freiherren, ihre Unabhängigkeit, die mit Leib und Seele zu verteidigen auch das einfache Volk verpflichtet ist. Die schweizerische Armee (jeder Schweizer ist wehrpflichtig) dient heute noch diesem urschweizerischen Freiheitsbegriff. Vgl. Generalstreik 1918, wo unsere Armee gegen die sozialistische Arbeiterschaft eingesetzt wurde. Wie lebendig nach sechs Jahrhunderten dieser bedingungslose Willen zur Unabhängigkeit ist, zeigt sich nicht allein an den Militär-Ausgaben (1970: 1,8 Milliarden Schweizerfranken), sondern auch im schweizerischen Geistesleben: »Da wird er (der Schweizerische Schriftsteller-Verein) sich dann plötzlich, nach allen Subtilitäten, vor der blanken Grundfrage sehen: Wie hältst du es überhaupt mit der Landesverteidigung? Dafür? Dagegen? Selbst wenn es heißen würde: Dagegen — kein Mitglied des Schweizerischen Schriftsteller-Vereins müßte deswegen unser Land verlassen; keines würde den Schutz unseres Rechtsstaates verlieren. Ich meine: das wäre, einmal wieder, ein Bekenntnis zu diesem Staat wert.« (Werner Weber, *Neue Zürcher Zeitung*, 31. 5. 1970) Vgl. hiezu Gefängnisstrafen für Dienstverweigerer.

41.
»Aus den Gegenden am Vierwaldstättersee sind Geschichtswerke erst seit dem 15. Jahrhundert erhalten . . . Ganz große Geschehnisse mögen

sich abgespielt haben, ohne daß sie in den überlieferten Dokumenten irgendwie durchschimmern.« (Karl Meyer, *Die Urschweizer Befreiungstradition*) Eine Konferenz zu Attinghausen im Jahr 1291, als der berüchtigte Reichsvogt in Uri weilte, ist beispielsweise nicht überliefert; konnte sie auf habsburgischer Seite nie bekannt werden, weil der Vertreter von König Rudolfs Erben auf der Heimreise erschossen worden ist, so konnten die Waldleute ihrerseits, wenn sie ihren Landammannn befragten, wenig erfahren, was Habsburg ihnen anbot; der schwerhörige Greis konnte sie nur ermahnen, einig zu sein. Kurz darauf verstarb er.

Der 1. August 1291 war ein schwüler Tag[42], und da der dickliche Ritter nicht im mindesten ahnte, daß die Waldleute an diesem Tag nicht bloß ihr Vieh auf die Weiden trieben und Käse machten und abends ihre Sensen dengelten usw., sondern eine geschichtliche Sendung übernahmen, die mit der Sendung ganz weniger Völker in der Geschichte vergleichbar ist[43], frühstückte er wie üblich: Käse mit Brot, dazu Milch. Er ritt noch einmal zur Baustelle bei Silenen-Amsteg, um sein Beamten-Gewissen zu beruhigen. Von Streik oder Aufruhr keine Spur. Er ritt weiter. Zu Anfang hatte ihn manchmal der junge Rudenz begleitet, jetzt nicht mehr; seit jener Jagd oberhalb Amsteg war dieser Uli nicht abzubringen von dem Wahn, Ritter Konrad habe ihm die reiche Erbin von Bruneck ausgespannt, und er wollte mit Ausländern nichts mehr zu tun haben. So ritt Ritter Konrad eben allein. Es lag noch immer Schnee auf den Bergen. Er sah Heuer und Hirten, die als Leibeigene ebenfalls nichts wußten und diesen 1. August 1291 für irgendeinen Frontag hielten, was auch der Fall war. Keine feierliche Ahnung erfüllte die Lüfte, nur das sommerliche Summen von Schmeißfliegen um den besonnten Mist. Ein schwüler Tag, und Konrad von Tillendorf hätte gerne ein Bad genommen in der Reuß, hütete sich aber, die frommen Waldleute zu entrüsten, und ritt nach Altdorf zurück. Mittagessen mit dem Fräulein von Bruneck. Nachmittags mußte er sich aufs Bett legen; es war eindeutig die Leber[44]. Er grübelte. Inzwischen wußte man, daß König Rudolf verstorben war. Er grübelte, was und wie er seinen Herren, König Rudolfs Erben, die politische Situation in diesem schwülen Reichstal berichten sollte. Eine Schmeißfliege, die in der Kammer sirrte und sich nicht erwischen ließ, hinderte den dicklichen Ritter, politisch zu denken; er vermochte nur zu hoffen. Übrigens war es keine Schmeißfliege, sondern eine Hummel. Gegen Abend, wenn die Bauern eher Zeit haben, wollte er nochmals eine Unterredung mit Zurfrouen und Fürst, wenigstens mit einem von beiden, erhielt aus beiden Höfen aber den gleichen Bescheid: Vater sei heute zu einem kranken Vetter auf die Alp gegangen — offenbar schöpfte der dickliche Ritter noch immer keinen Verdacht; er ärgerte sich nur über die blöde Ausrede dieser Bauern, die, wie er allerdings sagte, der Teufel holen möge, wo immer sie sich zur Stunde befänden[45]. Wenn sie nicht verhandeln wollten, dann eben nicht. Er hatte es satt.

Rudolf der Harras, sein Knecht, sollte für übermorgen einen Nauen bestellen, Abfahrt von Flüelen in der Morgenfrühe. Er hielt sie für stur und verstockt und verschlagen, diese Waldleute, aber Revolution traute er ihnen nicht zu[46]. So verbrachte er den Rest dieses Tages, der in der Schweiz und unter Schweizern im Ausland heute noch gefeiert wird, ohne Ahnung; unter anderem spielte er mit einer schwarzen Katze, pflegte endlich wieder einmal seinen Bart usw. Abend mit dem Fräulein von Bruneck. Sie würfelten. Es roch wie immer nach Heu, und man hörte, wie die Knechte ihre Sensen dengelten; Fledermäuse schwirrten. Das Fräulein bedauerte, daß Herr Konrad schon übermorgen die Heimreise antreten wollte; Herr Konrad hingegen war froh, daß er übermorgen wieder unter Menschen sein würde. Natürlich sagte er's nicht mit diesen Worten, sondern beteuerte, daß er diesen Sommer in Uri nie vergessen würde... Der Greis von Attinghausen war bestattet, die maßgeblichen Bauern besuchten ihren kranken Vetter auf der Alp, und so gab es nur noch eins, was er in seiner Eigenschaft als Reichsvogt zu erledigen hatte: die übliche Zeremonie mit dem Hut auf der Stange[47]. Ein Tag, so hoffte er, sollte für diese Zeremonie genügen.

42.
Die Datierung des Bundesschwurs bei Melchior
Russ und Etterlin »ungefähr 1292«, »ungefähr
1294« sowie im ersten Tellenspiel »ungefähr
1296« sowie bei den Chronisten Brennwald und
Tschudi »1314«, »1307« haben sich nach neuerer
Forschung als irrig erwiesen.

43.
»Es hieße den Bundesbrief von 1291 gründlich
mißverstehen, wenn wir ihm etwas anderes un-
terschieben wollten als den Willen der Land-
leute, im allgemeinen Zerfall Rücken gegen
Rücken zu stehen, Haus um Haus, Weg um Weg,
Steg um Steg selbst und mit der Hilfe Gottes zu
sichern. Es war dies nicht ein Schwur unter dem
nächtlichen Himmel und am abgelegenen Rütli ...
Es war dies ein Bündnis, das, wie die Überlieferung meldet, am hellichten Tage mitten in
Brunnen und unter dem weißen Glast der Augustsonne besprochen, lateinisch verschrieben,
beschworen und formrechtens besiegelt wurde:
Ein Staatsakt klarster Fassung, klarsten Inhalts
und allernächster Geltung. Ein Bund, welchem
nicht eine unerhörte Idee ewige Dauer versprach, sondern einzig die ewige bestehende
gleiche Not und Gottes Hilfe. Aber was bedeuten seine einfachen Worte! Sie bedeuten die

Gründung des ersten modernen Volks- und Rechtsstaates. In jener Tat übernahmen die Eidgenossen eine Sendung, die mit der Sendung ganz weniger Völker der Geschichte vergleichbar ist. Wie dem Volk Israel die Aufgabe wurde, den Gottesstaat, den Griechen die freie Polis mit freien Bürgern zu gestalten, dem orientalischen Großkönigtum den Wert des kleinen Volkes und den Wert des Menschen entgegenzustellen, also erhoben diese Männer, inmitten einer kriegerischen Zeit, die einfache Forderung nach Sicherheit des Lebens und Gutes.« (Eduard Renner, *Goldener Ring über Uri*, 1954)

44.
Hepatitis (Gelbsucht) kann durch einen Virus hervorgerufen werden, ist aber in jedem Fall ein psychosomatisches Phänomen, d. h. eine gewisse Depressivität, die den Reichsvogt in diesem Land Uri befiel, kann sowohl die Folge wie auch die Ursache einer Gelbsucht sein.

45.
Ob die Verschwörer (Eidgenossen) sich an diesem Tag tatsächlich auf dem Rütli trafen, wie allgemein angenommen, oder in Brunnen unter dem weißen Glaste der Augustsonne, wie Eduard Renner behauptet, ist ungewiß, ändert aber nichts am Geist der Verschwörung, wie er im Bundesbrief sich dokumentiert, und nichts an der personellen Zusammensetzung, die chronikalisch außer Zweifel steht: Stauffacher, Melchtal, Fürst, »die Eidtgenossen«, alle bekannt als

Grundeigentümer. Die Idee, ein Volk der Hirten habe sich verschworen, ist späteren Datums und verkennt den mittelalterlichen Geist der Verschwörung vom 1. 8. 1291, die zur Gründung der Schweiz geführt hat.

46.

»Bedeutet der Bundesbrief von 1291 eine Revolution? Die Waldstätte wollten nur das Recht, das alte Recht.« (Karl Meyer, *Die Gründung der Eidgenossenschaft im Lichte der Urkunden und Chroniken,* 1930) Daß der Rütli-Schwur keinerlei revolutionären Charakter hat, geht aus der bereits zitierten Stelle hervor: » — so jedoch daß jedermann nach seinem Stande gehalten sein soll, seinen Herren nach Gebühr untertan zu sein und zu dienen.« Warum dieser Satz in die Bundesurkunde aufgenommen worden ist »Im Namen Gottes«, erklärt der freisinnige Historiker »aus Rücksicht auf diejenigen Waldstätter Führer und Magnatengeschlechter, die, wie die Freiherren von Attinghausen, entweder selber Grund- und Leibherren waren, oder als Meier oder Keller weltlicher oder geistlicher Grundherren an der Aufrechterhaltung der Grund- und Leibherrschaft interessiert waren. Man denke an die Ritter von Silenen, die Meier von Erstfelden, die Meier von Stans, die Meier von Wolfenschießen . . . der Einfluß dieser Klasse, die bei der Freiheitsbewegung führend mitgewirkt hat, ist im Bundesbrief ja auch sonst greifbar. Alle diese Geschlechter drängten auf die Aufnahme eines solchen Artikels, weil in der Urschweiz neben

der politischen Freiheitsaktion noch eine mehr
linksgerichtete soziale Emanzipationsbewegung
einherging. Die Magnatengeschlechter der Urschweiz wollten ihre soziale Stellung behaup-
ten«. (Karl Meyer, ebenda.) Der Geist des Bun-
desschwures von 1291, wobei jedermann gehalten sein soll, »seinen Herren nach Gebühr
untertan zu sein und zu dienen«, ist trotz der
bedenklichen Überfremdung durch italienische
Arbeitskräfte (1970 registrieren wir 800 000 sog.
Gastarbeiter gegenüber 2 090 000 berufstätigen
Eidgenossen in vorwiegend besseren Stellungen) heute noch lebendig wie zur Zeit der wald-
stättischen Grund- und Leibherren. Vgl. hiezu
die Publizistik für oder gegen die Überfremdungs-Initiative: »Wer macht sich noch die
Finger schmutzig, wenn die Gastarbeiter nicht
mehr da sind? Die Fremdarbeiter sind ein Be-
standteil unseres Wirtschaftsgeschehens, das
für sie undurchdringbar bleibt . . . Ohne den Zu-
zug ausländischer Arbeitskräfte wäre es nicht
möglich gewesen, all jene zusätzlichen Dienstleistungen zu schaffen, die ein immer wohlha-
benderes Volk verlangt . . . Die Gastarbeiter
haben also nicht nur die Warenproduktion ge-
währleistet, sie haben uns auch die Schaffung
und den Ausbau der Dienstleistungen erleich-
tert und damit zu einer breiten Streuung und
Demokratisierung unseres Wohlstandes bei-
getragen; die eigentlichen Schöpfer unseres
Wohlstandes aber bleiben wir Schweizer selber . . . Durch den Exodus der Gastarbeiter
würden zwar Wohnungen frei, aber Wohnungen,

in denen kein Schweizer mehr wohnen möchte: Baracken, Abbruchliegenschaften und halb verfallene Bauernhäuser... Wer wird unsere neuen Wohnungen bauen, unsere Straßen bauen, wenn die Gastarbeiter nicht mehr da sind? . . . Die Überfremdungs-Initiative bietet nicht eine Alternative zwischen Wohlstand und schweizerischer Eigenart, weil das eine ohnehin im andern aufgehoben ist.« (*Tages Anzeiger, Zürich,* Mai 1970)

47.
Über den aufgepflanzten Hut als Herrschafts- und Eigentumssymbol vgl. R. Schröder: *Deutsche Rechtsgeschichte.* Es handelt sich nicht, wie Friedrich Schiller glauben läßt, um einen schnöden Einfall des betreffenden Reichsvogts, sondern um ein Ritual mittelalterlicher Legalität. Schon der Verfasser des *Weißen Buches von Sarnen* um 1470 scheint das vergessen zu haben: »Er erließ ein Gebot, daß, wer da vorüber ginge, sich vor dem Hut neigen sollte, als ob der Herr selbst dort stünde.« Solche Rituale des Grußes haben sich bis heute erhalten. Vgl. hiezu Dienstreglement der schweizerischen Armee.

Ein leidiger Zwischenfall ereignete sich noch in letzter Stunde – Ritter Konrad von Tillendorf, heute noch berüchtigt unter dem Namen Geßler, ließ sich gerade den zweiten Stiefel geben, als die Meldung kam: Einer habe den Hut auf der Stange nicht gegrüßt! Er seufzte, wie meistens beim Anziehen dieser Stiefel, und man mußte es ihm zweimal melden: Einer habe soeben usw. Es paßte dem dicklichen Ritter gar nicht. Er wollte heute noch bis Immensee. Er sagte kein Wort, so ärgerte ihn dieser Zwischenfall; eine Stunde später wäre der Hut nicht mehr auf der Stange gewesen. Er ließ sich sein Wams geben, dann den Gürtel. Seine Waffenknechte hatten den Mann leider gefaßt. Er zog die Handschuhe an, die sich für dienstliche Auftritte ziemten, und ärgerte sich kaum über den Mann, der vielleicht, wie er hoffte, den Hut auf der Stange einfach übersehen hatte, sondern über sich, daß er nicht im Morgengrauen aufgebrochen war. Er hatte sich verschlafen. Er überlegte, wie die leidige Sache sich kürzestens erledigen ließe. Ohne Publikum wäre es einfach gewesen: Gnade vor Recht. Einen ganzen Tag lang, gestern, war nichts vorgefallen, und einen Einzelfall hochzuspielen, hatte er kein Interesse, der dickliche Ritter, der an diesem Tag noch bis Immensee zu kommen hoffte. Es war Föhn, ein leichter Föhn, der sich aber von Stunde zu Stunde verschlimmern konnte; er dachte schon mit Sorge an die Fahrt über den See. Als er auf den Platz kam, wo der Hut noch auf der Stange hing, wimmelte es schon von Neugierigen. Die Waffenknechte, wichtigtuerisch vor ihrem Ritter, drängten das Publikum mit ihren Lanzen zurück; dabei versuchte niemand den Verhafteten zu befreien; sie wollten nur zuschauen. Wie oft bei solchen Auftritten mit Pferd, gelang es nicht ohne weiteres, das Pferd auf die richtige Stelle zu bringen und in die gewünschte Ruhe, in die gewünschte Richtung usw., es tänzelte, es kam zu Roßäpfeln auch. Als er den Mann mit Armbrust und Bub erkannte, erinnerte er sich sofort, und seine Miene hellte sich auf, der Herr Vogt lächelte gar; offenbar meinte er, der Fall wäre mit Scherz zu erledigen: »Du grüßest überhaupt nicht, ich weiß, das ist deine Art.« Die Waldleute aber blickten finster und rechtschaffen. Obschon er auf dem Pferd saß, daher eine gewisse Übersicht hatte, blieb es ihm unklar, wie die Mehrheit sich zu dem Außenseiter verhielt. Nahmen sie's dem Heuer übel, daß er sich nicht wie die Mehrheit verhielt, oder gefiel er ihnen? Er selber, der Heuer mit der Armbrust auf

der Schulter, blickte unsicher nach seinen Landsleuten, statt auf die Frage zu antworten, wie er
heiße. Ein anderer drängte sich aus dem Haufen
hervor, ein kleiner Bauer mit rotem Kopf und
drohenden Fäusten. Auf die Frage, was diesen
Mann so sehr erregte, trat Stille ein; alle schienen
es zu wissen – vielleicht war's der flüchtige Bauer
aus Altzellen, den die Urner sofort in ihren Haufen
zurückzogen ... Es galt jetzt, die eigenen Waffenknechte abzuhalten von irgendeiner Dummheit,
wie sie Bewaffneten leicht unterläuft; es braucht
wenig, daß Bewaffnete sich bedroht fühlen. Daher
verlangte der dickliche Ritter mit einer scharfen
Stimme, die er sonst nicht hatte: Ruhe, Hände
weg, Ruhe! bevor er sich wieder an den Heuer
wandte, der inzwischen auch eine grimmige Miene
zeigte. Warum er den Hut nicht grüße, lautete die
ritterliche Frage. Der Heuer aber, umringt von
seinen Landsleuten mitten auf dem Platz von Altdorf, wo heute sein Denkmal steht, brachte kein
Wort heraus, auch nicht auf die entgegenkom-
mende Frage, ob er vielleicht den Hut auf der
Stange einfach nicht gesehen habe. Er war's nicht
gewohnt, Rede und Antwort zu stehen vor einem
Publikum, blickte weniger auf den Herrn Vogt,
der vermutlich schon etwas ungeduldig wurde, als
auf seine Landsleute, denn mit diesen mußte er
weiterleben. Er wolle heute noch bis Immensee!

sagte der dickliche Ritter, um die Antwort des Heuers zu beschleunigen. Vergeblich. Dieser hatte einen rötlichen Bart und Sommersprossenhaut, vermutlich ein Choleriker, der es in der Gesellschaft auch nicht immer leicht hatte. Warum er eigentlich immer eine solche Armbrust auf der rechten Schulter trage, fragte Ritter Konrad, um ihn zum Sprechen zu bringen. Vergeblich auch dies. Einige schienen zu grinsen. Die Spannung, was dem Herrn Vogt sonst noch alles einfallen könnte, war jetzt so groß, daß sie sich auf das Pferd übertrug, und der Tillen (wie möglicherweise sein Spitzname lautete) konnte es nur mit schroffen Griffen zügeln, was einem Reiter unweigerlich den Anschein eines Wüterichs gibt. Erschrocken sagte jetzt der Mann mit der Armbrust: »Lieber Herr, es ist ungevärd und nit uß Verachtung geschechen, verzichend mirs, wär ich witzig, so hießi ich nit der Tell[48], bitt umb Gnad, es soll nit mehr geschechen.« Ein Versehen also; der dickliche Ritter glaubte es gerne, da sich das Verfahren dadurch verkürzte, und streichelte sein Pferd, um es zu besänftigen. Die Leute von Uri hingegen waren enttäuscht von dieser untertänigen Rede, das spürte der Heuer und verbesserte sich: er sei ein freier Mann und grüße keinen Habsburger-Hut! Der dickliche Ritter streichelte noch immer sein Pferd, lächelte sogar. Nämlich es hing kein Habsburger-Hut auf dieser Stange, sondern ein kaiserlicher, dem Reverenz zu erweisen war auch in einem reichsfreien Tal wie Uri. Das wußte die Mehrheit, nur der brave Heuer offenbar nicht. Es waren ja auch, wie man zugeben mußte, etwas komplizierte Verhältnisse damals[49]. Eigentlich war die Sache jetzt erledigt – nur der Armbrust-Vater, da er hatte belehrt werden müssen und die öffentliche Blamage nicht auf sich sitzen lassen konnte, verbesserte sich nochmals: Auch den Hut des Kaisers täte er nicht grüßen, nie und nimmer, ein freier Urner usw. Das war unnötig, aber gesagt. Der Mann hatte plötzlich einen roten Kopf, sagte es sogar noch einmal und lauter als zuvor. Vielleicht spürte er ebenfalls den Föhn[50]. Einige sagten: Gott stehe ihm bei! Andere warteten wortlos auf seine Verhaftung. Auch der Bub spürte, daß sein verwirrter Vater irgendeinen Schnitzer begangen hatte, und wollte ihm beistehen, indem er den Vater rühmte: er treffe den Vogel im Flug. Das war im Augenblick nicht gefragt. Als der Herr Vogt auf seinem Pferd gar nichts sagte, im Augenblick ratlos, wie er mit dem Sonderling zu Rande kommen sollte, sagte der Bub, sein Vater treffe den Apfel auf dreißig Schritt. Auch das war eigentlich nicht gefragt – irgendwie hielt es Konrad von Tillendorf für einen rettenden Witz: dann solle der Armbrust-Vater doch seinem vorlauten

Bub, der ihm, nämlich dem dicklichen Ritter, auf die Nerven ging, einmal einen Apfel vom Kopf schießen[51]! Das sagte er, indem er schon die Zügel straffte, um vom Platz zu reiten – er begriff gar nicht, warum das Fräulein von Bruneck, das immer noch zugegen war, zu flehen anfing: Herr Konrad! Sie nahm es ernst. Sie redete von Gott. Hinzu trat jetzt Pfarrer Rösselmann, um es ebenfalls ernst zu nehmen. Schon lange hatte man auf irgendeine Ungeheuerlichkeit gewartet, nun hatte man sie: Vater muß Kind einen Apfel vom Kopf schießen! Alle drängten sich, das wollten sie gesehen haben: Vater muß Kind einen Apfel vom Kopf schießen. Der Heuer selbst, als er sich im Mittelpunkt öffentlichen Mitleids sah, konnte kaum anders: er nahm einen Pfeil aus dem Köcher, legte ihn auf seine Armbrust, um seinen Landsleuten zu zeigen, daß er kein Schwätzer war. Offenbar hörte er nicht, was der Herr Vogt unterdessen sagte, niemand hörte es; er merkte bloß, daß er in der Verwirrung etwas vergessen hatte, und nahm den Pfeil nochmals von seiner Armbrust, hielt ihn zwischen den Zähnen, während er die Armbrust spannte mit Hilfe des Fußes (wie neulich bei Amsteg), dann legte er den Pfeil wieder auf seine Armbrust, bevor ein Apfel gefunden war. Das blöde Lächeln des dicklichen Ritters, der immer noch dachte, er habe einen Witz gemacht, erbitterte natürlich die

Waldleute; wieder war's jener Bauer aus Altzellen, der in seiner Wut kaum zu halten war, er, der schon einmal einen Vogt eigenhändig erschlagen hatte. Auch der junge Ulrich von Rudenz, Neffe des Freiherrn von Attinghausen, redete jetzt im Namen des Volkes, im Namen seiner Grundhörigen, während der Herr Vogt nur an seinen Handschuhen herumzupfte, offenbar meinte, er habe die einfache Lösung: Begnadigung mangels Apfel. Der Bub aber, als er seinen Vater im öffentlichen Mittelpunkt sah, tat das Seine: fand tatsächlich einen grünen Apfel in seiner Hosentasche[52]. Schon wurde die Gasse gebildet; der Armbrust-Vater kniete, bevor die Gasse gebildet war. Das war der Augenblick für Pfarrer Rösselmann, der jetzt ebenfalls kniete und um Erbarmen flehte mit gefalteten Händen, nachdem der Herr Vogt, erschrocken über den Lauf der Dinge, bereits zwei Mal gesagt hatte: Spaß beiseite! Gerade der Spaß aber empörte die Waldleute; sie beteten zu Gott, daß der Apfelschuß gelinge[53]. Beinahe war es zu spät, als Ritter Konrad oder Grisler von seinem Pferd sprang; der kniende Schütze zielte bereits mit gekniffenem Auge, als Ritter Konrad oder Grisler zu ihm trat und den Pfeil von seiner zitternden Armbrust nahm, wortlos – dieser Urner wäre imstande gewesen und hätte auf den grünen und ziemlich kleinen Apfel geschossen bloß um seiner Schützenehre willen[54]. Das war ein peinlicher Augenblick für alle: für den dicklichen Ritter, der plötzlich die Regie verloren hatte, sowie für das betende Publikum, nicht zuletzt aber für den Schützen, der sich verhöhnt fühlte. Sein Hals war wie geschwollen, seine Armbrust noch immer gespannt, er blickte irr und unheimlich, als der Herr Vogt, verlegen um das rechte Wort in diesem Augenblick, den schönen Pfeil betrachtete und zurückgab; die Frage, ob er solche Pfeile selber herstelle, wo er denn wohne, ob er viele Kinder habe usw., blieb ohne Antwort – es waren auch nur Verlegenheitsfragen –, der Mann schien taub vor Grimm und blieb auf den Knien, obschon der Apfelschuß nicht verlangt war[55], nur der vorlaute Bub ermunterte noch immer seinen Vater, er habe gar keine Angst, sein Vater treffe den Vogel im Flug usw. Einige verließen bereits den Platz, als der Herr Vogt, jetzt wieder zu Pferd, etwas unwillig fragte: »Was willst du denn mit diesem zweiten Pfeil?[56]« Manche waren später der Meinung, es sei anders zugegangen: der Schütze habe von Anfang an einen zweiten Pfeil in den Goller gesteckt, um sich am Vogt zu rächen, falls der Meisterschuß nicht gelungen wäre[57]. Der dickliche Ritter meinte aber nicht den Pfeil, der im Goller steckte, das war ja der Pfeil, den er eigenhändig von der Armbrust genommen und dem Schützen zurückgegeben hatte; er sah, daß der

Schütze jetzt einen zweiten Pfeil aus dem Köcher nahm und auf die Armbrust legte; daher seine Frage: »Was willst du denn mit diesem zweiten Pfeil?[58]« Der Mann errötete, als er den ersten Pfeil in seinem Goller erblickte, und wußte keine rechte Antwort; er wußte jetzt selber nicht, warum er, um seinen Meisterschuß zum Trotz zu zeigen, nicht diesen Pfeil genommen hatte, sondern einen zweiten. Konrad von Tillendorf verstand wohl seine Verwirrung, verlangte aber, daß er jetzt beide Pfeile in den Köcher steckte und sich erhob – er war frei ... Leider hatten die beiden Waffenknechte gehört, was der Mann, um seinen Landsleuten doch Eindruck zu machen, eben gesagt hatte: er nämlich habe schon gewußt, was er wollte mit dem andern Pfeil im Goller, nämlich er hätte den Vogt erschossen, jawohl, vor aller Augen[59]. Einen Augenblick lang zögerte der dickliche Ritter, ob er den Choleriker fragen sollte: Hast du das gesagt? Dieser aber hätte kaum widerrufen können, ohne vor seinen Landsleuten lebenslänglich als Angeber zu gelten, und wenn er nicht verleugnete und nicht bestritt, was die Waffenknechte gehört haben wollten, so wäre es in der Tat, wie jedermann fürchtete, ohne Gericht und Kerker kaum noch zu erledigen gewesen. So war es Zeit und ratsam, diesen Mann jetzt abzuführen[60]. Die Waffenknechte packten zu, und da sie's

in mittelalterlicher Manier taten, nämlich ohne
Fußtritte und ohne Knüppelei, aber mit der Kraft
ihrer Arme, fanden es die Waldleute sehr unge-
recht. Was hatte dieser Vater mit der Armbrust
und dem Kind denn getan? Viele hatten die nach-
trägliche Drohung mit dem zweiten Pfeil gar nicht
gehört, andere nahmen sie nicht allzu ernst[61]. Es
war aber neun Uhr vormittags, und Ritter Konrad von Tillendorf, wie schon gesagt, wollte heute
noch bis Immensee –

48.

Das weiße Buch von Sarnen, das den Namen
des Schützen zum ersten Mal schriftlich überliefert, zeigt wechselnde Schreibart: Thael, Thall,
Tal, Tallen, dagegen nennt es den berühmten
Fels: »Tellen-blatten.« Der überlieferte und auch
von Friedrich Schiller benutzte Ausspruch des
Freiheitshelden: »denn wäre ich witzig (besonnen), und ich hiessi anders und nit der Tall«,
ist nur als Wortspiel verständlich, wenn man
nämlich den Übernamen des Schützen ableitet
von »dahlen, dallen, tallen«, das heißt: einfältige
und kindische Dinge reden und tun.

49.

»Man vergegenwärtige sich den kaufweisen
Übergang der habsburgisch-lauffenburgischen
Waldstätte Schwyz und Unterwalden an die Erb-
lande des Grafen Rudolf von Habsburg und die
wenige Wochen nachher erfolgte Unterstellung
des Reichstales Uri unter den gleichen Rudolf,
aber in seiner Eigenschaft als neugewählten
König; die vielfache Vermengung der Verwal-
tung durch Personalunion des Königs und des
Landesfürsten, sowie der habsburgischen und
Reichsbeamten.« (Karl Meyer, ebenda) Selbst
ein Historiker wie A. Rilliet, der die Überlieferung in vielen Punkten als unglaubwürdig dar-

stellte, hat 1868 bemerkt, wie gefährlich die Verwendung habsburgischer Beamter bei Reichsgeschäften in Uri war, »wie die beiden, durch ein und denselben repräsentierten Gewalten zum Nachteil der Freiheit von Uri miteinander verwechselt werden konnten.«

50.
Es ist statistisch erwiesen, daß bei Föhn (Fallwind, Erwärmung durch Druck) Störungen des psychischen Gleichgewichtes auftreten, Reizbarkeit usw., Häufung von Verkehrsunfällen und Ehekrisen, sogar Selbstmord.

51.
Es ist nicht anzunehmen, daß der Vogt, wer immer er war, die Toko-Erzählung des *Saxo Grammaticus* kannte. »Nach dem dänischen Chronisten Saxo Grammaticus (gestorben 1204) rühmte der Gefolgsmann Toko sich seiner Schießkunst und mußte deshalb auf Befehl des Dänenkönigs Harald Blauzahn (10. Jahrhundert) einen Apfel vom Haupte seines Sohnes schießen. Eine unmittelbare Übernahme aus dem Geschichtswerk Saxos, wie sie früher allgemein behauptet wurde, ist unwahrscheinlich, da es nicht handschriftlich, sondern einzig im Erstdruck von 1514 vorliegt.« (Karl Meyer, ebenda) Außer der Geschichte von Toko gibt es die Geschichte von Heming Aslakson, isländisch, sowie englische, estnische und finnische Sagen mit demselben Motiv des Apfelschusses. Vgl. hiezu Helmut de Boor: »Die nordischen, englischen

und deutschen Darstellungen des Apfelschusses«
in *Quellenwerk zur Entstehung der Schweizeri-*
schen Eidgenossenschaft, III, Chroniken, Band 1,
1947.

52.
»Aber ist es zum vornherein wirklich ein Apfel?
Wieder stimmen darin Saxo und Ths. (die Thid-
reks-Saga) überein, während Hem. (Hemmings-
thattr) abweichend die Nuß als Ziel setzt, Eindr.
(Eindrida-Thattr ilbreids) den künstlichen Brett-
stein. Doch darf auch hier das Zusammenklin-
gen der beiden ältesten Quellen mit der deutsch-
englischen Gruppe (Henning Wulf, Tell, William)
die Entscheidung bringen: wir halten den Apfel
für das älteste Ziel.« (Helmut de Boor, ebenda)

53.
In allen Versionen der nordischen Sage, wie
auch in der schweizerischen, gelingt der Apfelschuß; eine abweichende Version, z. B. daß Tell
nicht erst sein Kind gefährdet, sondern auf den
unmenschlichen Vogt schießt, liegt nicht vor,
ebensowenig wie eine Version mit tödlichem
Fehlschuß auf das Kind, auch keine Version, wo
das empörte Volk die unmenschliche Veranstal-
tung gewalttätig sabotiert.

54.
Die Schießkunst wird heute noch in der Schweiz
gepflegt, wie sehr auch das Gewehr an militäri-
scher Bedeutung eingebüßt haben mag, und
gehört zum Volkstum; es gibt kaum ein Dorf

ohne einen Schützenverein; noch in der ersten Hälfte des 20. Jahrhunderts erringen die Eidgenossen mehrmals die Weltmeisterschaft in allen drei Stellungen (stehend, kniend, liegend) sowohl mit dem Stutzer wie mit dem Armeegewehr; erst in jüngster Zeit wurden sie hauptsächlich von Amerikanern und Finnen und Sowjetrussen in diesem Sport, der für den Schweizer mehr ist als nur ein Sport, übertroffen.

55.
Haben Historiker des 19. Jahrhunderts (vor allem Eutych Kopp und Albert Rilliet) Zweifel an der Geschichtlichkeit der Tell-Figur geäußert, so hat Gottfried Keller, der Dichter und Staatsschreiber, sich nicht beirren lassen: »Auch den Tell geben wir nicht auf und glauben an einen handlichen, rat- und tatkräftigen Schützen, der sich zu jener Zeit zu schaffen machte und unter seinen Mitbürgern berühmt war. Den Apfelschuß freilich geben wir preis, obschon man auch hier noch sagen könnte: sind nicht in neuester Zeit, als direkte Nachahmung des Tellenschusses, von verwegenen Gesellen und Renommisten, z. B. in Amerika, dergleichen Schützenstücklein verübt worden? Wenn wir nicht irren, so hat in den letzten Jahren ein Pfälzer aus purem Übermut mit der Pistole einen Apfel vom Kopfe geschossen.« D. h. der Umstand, daß der Apfelschuß nicht verlangt war, kann nicht dahin ausgelegt werden, daß es den betreffenden Urner überhaupt nicht gegeben habe.

56.

Die Frage nach dem zweiten Pfeil kommt in der Toko-Sage ebenfalls vor, hingegen nicht bei Heming Aslakson. Vgl. hiezu Karl Meyer, *Die Urschweizer Befreiungstradition:* »Auffallend ist gewiß die Übereinstimmung der Urner Apfelschußerzählung mit anderen Geschichten dieser Art, obwohl es auch da an Verschiedenheiten nicht fehlt . . . Vielleicht hat ein Überarbeiter der Urner Erzählung unter Anlehnung an den lateinischen Saxo-Auszug stilistisch ausgeschmückt oder geradezu den dänischen Apfelschuß auf den Urner Schützen übertragen (etwa veranlaßt durch eine gewisse Schriftbildähnlichkeit des *Tellen* und des *Toko*), entweder in Anknüpfung an eine verwandte Behauptung über den Tellen oder zur psychologischen Motivierung und Rechtfertigung der nachherigen Vogttötung. Falls für den Apfelschuß eine derartige Ausschmückung oder Übernahme zweifelsfrei festständе, so hätten wir doch kein Recht, deshalb verallgemeinernd die ganze Tellen-Erzählung, geschweige denn die ganze Bundesgeschichte als Sage oder Erfindung zu werten.«

57.

Tatsächlich wirkt diese Version, die der skandinavischen Sage entspricht, überzeugender und ist für eine mündliche Überlieferung ergiebiger, was indessen nicht beweist, daß sie dem faktischen Vorfall entspricht; vgl. hiezu die Geschichte der Justiz-Irrtümer, die auf einleuchtenden Zeugenaussagen basieren.

58.

Laut Überlieferung ist die erste Antwort, die Wilhelm Tell gibt, durchaus besonnen, nämlich eine Ausrede: »Es wäre also des Schützen Gewohnheit.« (Chronik des Aegidius Tschudi) Erst auf die Garantie hin, die ihn seines Lebens versichert, erfolgt das mutige Wort, er hätte notfalls den Vogt niedergeschossen. In der Tat fehlt es nicht an Verschiedenheiten der Sagen, wie Karl Meyer betont; der dänische Toko versucht es nicht mit einer Ausrede, sondern antwortet sogleich mit dem Trutzwort. Während Toko aber auf sein Trutzwort, er habe die weiteren Pfeile dem König selbst zugedacht, noch eine weitere Tollkühnheit zu leisten hat, nämlich die Ski-Fahrt über einen Fels hinunter (was etwa der nordischen Disziplin des Ski-Sprunges entspricht), wobei Toko glücklich davonkommt, endet wiederum die norwegische Fassung der Apfelschuß-Sage damit, daß Egill für dasselbe Trutzwort nicht bestraft wird: »Aber der König schätzte dies an ihm und alle fanden, daß er eine kühne Sprache führe.«

59.

Vgl. hiezu Peter Bichsel, *Des Schweizers Schweiz,* 1969: »Ich kann mir einfach nicht vorstellen, daß die alten Eidgenossen idealere Gestalten waren als mein Nachbar und ich«, womit wohl der Dichter, wie schon Gottfried Keller, der Wahrheit nahekommt, sind doch Drohungen solcher Art, insbesondere auf Ausländer bezogen, heute noch an Stammtischen zu hören.

60.

Während *Das weiße Buch von Sarnen* lediglich die Verhaftung und die Drohung des Vogtes (»er wolle ihn an einen Ort legen, wo er Sonne und Mond nimmer wiedersehen werde«) meldet, ergänzt der spätere Chronist Aegidius Tschudi: »damit ich vor dir sicher sig«, was die Maßnahme des Vogtes plausibel macht; immerhin hat Tell eine hypothetische Morddrohung ausgesprochen.

61.

Auch in einem Rechtsstaat wäre auf das Verhalten hin, wie die Chronisten es schildern, mit einer Maßregelung zu rechnen; sehr viel bescheidenere Anrempelungen (ohne Drohung mit Mord) beispielsweise gegenüber einem Lehrer oder Richter im Amt werden geahndet, geschweige denn gegenüber einem Major, Oberst usw. Das überlieferte Tell-Wort ist denn auch nie das Maß unserer Rede-Freiheit geworden.

Wie es dem Vogt erging auf dem See, konnte jeder Urner sich denken; der See war grün an diesem Tag, grün mit weißem Gischt, den der Wind zerfetzte. Die Ruderei war zum Verzweifeln, da der Nauen in den harten und spitzen Wellen schaukelte, oft geradezu torkelte, und es spritzte von allen Seiten. Aber man kam voran, obschon die beiden Waffenknechte keine gelernten Ruderer waren; dank Rückenwind, der stoßweise kam. Schon nach einer Viertelstunde war Ritter Konrad oder Grisler völlig durchnäßt. Man kam sogar schneller voran, so dünkte es ihn, als seinerzeit mit dem Schiffer namens Ruodi, der diesmal nicht zu haben war. Beide Hände an die Bank geklammert, Blick gradaus, freute der dickliche Ritter sich auf das offene Land oder versuchte es wenigstens. Die Waffenknechte hingegen (beide aus dem Thurgau) hatten Angst, daß sie's nie schaffen würden, und fluchten vorerst im stillen über ihren Ritter. Zu viert, zusammen mit Harras und diesem Armbrust-Urner, den man hätte zwingen können, wäre es leichter gewesen; aber das hatte der launische Ritter nicht gewollt, und so saßen sie denn zu dritt in diesem schweren Nauen. Die Wellen kamen mit Kämmen von Gischt, der in den Nauen schwappte, dann überholten sie den Nauen, so daß die beiden Ruderer, da sie rückwärts blickten, den Eindruck hatten, man käme nicht voran, während der dickliche Ritter, der vorwärts blickte, sie tröstete: man sehe schon das Rütli. Um zu prüfen, ob der ritterliche Trost auch stimmte, hätten aber die rudernden Waffenknechte sich umdrehen müssen, was gar nicht möglich war, da man die Richtung in dem stürmischen See nur halten konnte durch pausenloses Rudern. Dabei war es kein eigentliches Unwetter, nur eben Föhn; die Sonne schien. Als Ritter Konrad oder Grisler den beiden Thurgauern, um sie anzuspornen, ein freies Wochenende versprach, blickten sie ihn nicht an, sie glaubten an kein Wochenende mehr; ihre Haare standen ihnen nur darum nicht zu Berg, weil sie naß waren. Ihre Helme hatten sie in den Nauen geworfen. Sehr geheuer war es dem dicklichen Ritter auch nicht, das schwappende Wasser in dem Nauen, in der Ferne der senkrechte Axen-Fels. Man sah an diesem Tag keinen andern Nauen auf dem grünen See. Trotzdem blieb Ritter Konrad von Tillendorf, wenn auch schweigsam, bei seiner Überzeugung, richtig gehandelt zu haben, als er den Mann mit der Armbrust einfach am Ufer zurückgelassen hatte, von seinem Stallknecht noch eine Weile bewacht, bis der Nauen draußen auf dem See war. Was geht im Hirn eines Mannes vor, der auf Äpfel zu schießen pflegt! Kurz vor Sisikon, wo man heute noch die berühmte Tellen-Platte zeigt und wo eine Kapelle dafür zeugt, daß Gott auf seiten der Urner war, wurde es allerdings schlimmer und schlimmer; die Wellen trieben jetzt den Nauen gegen die Felsen hin. Es fehlte wenig, und der Nauen wäre zerschellt. Das war von jeher (Einheimische wußten es, nur die Ausländer nicht) eine berüchtigte Stelle, wo bei Föhn schon mancher zu kämpfen hatte, kein Wunder, daß um diese Stelle herum Geschichten entstanden[62]. Es war eine große Not und Arbeit für die beiden Ruderer[63].

62.

»Einzelheiten der Seefahrt und der Rettung bei der Platte, das Schicksal der aufs hintere Schiffsende verbrachten und vom entrinnenden Tell mitgenommenen Armbrust u. a. weisen auf die rechtfertigenden, motivierenden, die Lücken ergänzenden Kombinationen späterer Überarbeiter hin, die – wie später Tschudi – sich die Tellen-Geschichte bis ins Einzelnste anschaulich vorstellen wollten.« (Karl Meyer, *Die Urschweizer Befreiungstradition*) Vgl. hiezu die *Eidgenössische Chronik* des Melchior Rust (verfaßt 1482 bis 1488): »wie es dem Wilhelm Tellen ergieng uff dem Sew.« Der Historiker August Bernoulli (1891) glaubte, »daß die Sage ursprünglich mit der Erschießung des Vogtes bei der Tellen-Platte schloß.« Die Version, die sich demgegenüber durchgesetzt hat und durch Friedrich Schiller auch im Ausland berühmt geworden ist, entspricht zweifellos der abenteuerlichen Skifahrt in der dänischen Toko-Sage.

63.

»Der Landvogt und sin Diner kamend mit großer Not und Arbeit übern See gen Brunnen«, heißt es bei Aegidius Tschudi, d. h. es ging also auch ohne Tell; das konnte vom Ufer aus gesehen werden.

88

Als sie Brunnen erreicht hatten[64], waren die beiden
Ruderer völlig erschöpft, wankten nur so auf den
Beinen und überließen es dem Ritter, Gott zu danken. Zum Glück schien die Sonne. Er hängte sein
Wams und die Beinkleider an einen Baum, so daß
sie wie eine Vogelscheuche aussahen, und blickte
noch einmal gen Uri zurück. Einmal und nie wieder! Die Waffenknechte zeigten die Schwielen an
ihren vier Händen, um nicht nach Küßnacht rudern
zu müssen an diesem Tag[65]. Die andere Möglich-
keit war der Weg durchs Land, den er ja kannte,
ein mühsamer Ritt, wenn man Kopfweh hat, und
das hatte er in hohem Grad, nur hatte er's vor
Angst auf dem See nicht gespürt, Kopfweh wie am
ersten Tag. Es kam jetzt, so fand Ritter Konrad
von Tillendorf, auf einen Tag nicht mehr an. Man
übernachtete bei Brunnen am See, was sein Ver-
hängnis war[66], aber bequemer – eine Nacht in
trockenem Heu.

64.
Bei starkem Föhn gilt eine Landung in Brunnen als äußerst schwierig; das *Weiße Buch von Sarnen* erwähnt die Landung in Brunnen nicht, sondern meldet den Vogt erst wieder in der Hohlen Gasse bei Küßnacht, wogegen die Chronik des Aegidius Tschudi eine geglückte Landung in Brunnen annimmt.

65.
Die Route Gotthard — Vierwaldstättersee — Küßnacht — Immensee — Zug — Horgen — Zürich war ein wichtiger Verkehrsweg im Mittelalter, der kurze Landweg zwischen Immensee und Küßnacht (Hohle Gasse) der einzige Ort, wo Tell den berüchtigten Vogt noch einholen konnte, bevor dieser sich in Immensee neuerdings einschiffte.

66.
Wäre der Vogt nämlich am selben Tag weitergeritten, so wäre es zumindest unwahrscheinlich, daß der Schütze von Uri, der ihm zu Fuß und teilweise über schwierige Berge nachstellte, rechtzeitig in der Hohlen Gasse eingetroffen wäre.

Ritter Konrad oder Grisler, immer wahrschein-
licher aber Ritter Konrad von Tillendorf[67] er-
reichte die Hohle Gasse[68] gegen Mittag, hungrig
auf einen Imbiß in Immensee; er dachte an gebak-
kenen Fisch[69], als er plötzlich einen Schmerz empfand[70]. Im ersten Augenblick kam ihm der stechen-
de Schmerz beinahe vertraut vor, und er meinte
ihn noch verbergen zu können, aber dann
krümmte es ihn vornüber. Ob er den Mann mit
dem rötlichen Bart und mit den nackten Knien,
der jetzt aufrecht und breitbeinig aus dem Ge-
büsch trat mit der Armbrust in der rechten Hand,
überhaupt noch erkannt hatte, bevor es ihm
schwarz wurde vor den Augen, ist ungewiß; er
röchelte nur, als die beiden Knechte ihn zu stützen
versuchten, was nicht gelang. Sie mußten den dicklichen Ritter auf die Erde legen. Was in diesen
Augenblicken der Ersten Hilfe (keiner der beiden
Waffenknechte war diesbezüglich geschult) der
Heckenschütze verkündete, fand am Tatort wenig
Gehör; einer der Knechte sagte bloß: Sauhund[71]!
aber dieser hatte sich schon wieder in die Büsche
verzogen. Ein Leiterwagen oder eine Tragbahre

war nicht so leicht zu beschaffen, da die Bauern zu dieser Stunde auf ihren Feldern waren. Als er nochmals zu sich kam und die Augen aufschlug, fand der dickliche Ritter sich allein in der Gegend – er verstand nicht, was sich ereignet hatte[72], woher der Schmerz, warum immer diese Kuhglocken, woher das Blut an seiner Hand, Blut mit Tannennadeln. Obschon er mit offenen Augen lag, erkannte er die Berge schon nicht mehr, was ihn vermutlich erleichterte[73], es gab nur noch das allernächste: Laub in der Mittagssonne, Wald mit Schatten und Glitzern zwischen den Stämmen (wahrscheinlich Sonne auf Spinnfäden) und Moos, Stille mit sommerlichem Summen, wenn er nicht röchelte. Als er sich nochmals aufrichten wollte, um nach seinem Pferd zu sehen – plötzlich fiel ihm das Pferd ein, das in einer Lichtung graste –, empfand er einen Schmerz, der ihn sofort zurückwarf. Wahrscheinlich wußte man in Schwyz bereits von der Ruhmestat[74], als es dem dicklichen Ritter wieder schwarz wurde vor den Augen; er hörte noch immer Kuhglocken –

67.

»Tillendorf starb zwischen dem Frühjahr und Herbst 1291, also gerade in der kritischen Zeit, wo der Vogt der chronikalischen Bundesvorgeschichte gefallen sein muß.« (Karl Meyer, ebenda)

68.

»Es führt kein andrer Weg nach Küßnacht« (Friedrich Schiller) beruht auf dem Irrtum der frühen Chroniken, der Vogt habe in Küßnacht residiert; tatsächlich spielte sich der Vorgang in umgekehrter Richtung ab.

69.

Die Gegend ist heute noch für ihre Fischküche bekannt: »Zuger-Röteli«, »Felchen nach Zugerart« usw.

70.

»Und als sie geritten kamen, da stand er hinter einer Staude, spannte seine Armbrust und schoß einen Pfeil in den Herrn.« (*Weißes Buch von Sarnen*) »Und wie sie der Hohlen Gasse nahten, hörte er (Tell) allerlei Anschläge des Landt-Vogts wider ihn, er aber hat seine Armbrust gespannt und durchschoß den Landt-Vogt mit einem Pfeil, daß er ab dem Roß fiel und von

Stund an tot war.« (Chronik des Aegidius Tschudi)

71.
Nicht zu Unrecht, wenn auch zur allgemeinen Empörung, haben die palästinensischen Attentäter, die in Zürich am 18. Febraur 1969 aus dem Hinterhalt ein startendes EL-AL-Flugzeug beschossen, sich auf Wilhelm Tell berufen; die Vogt-Tötung bei Küßnacht, wie die schweizerischen Chroniken sie darstellen, entspricht den Methoden der *El-Fatah*.

72.
Vgl. hiezu *Die Idee der Schweiz* von Englert-Faye, der die Tat des Tell in geistesgeschichtlichem Sinn versteht: Tell emanzipiert sich aus der mittelalterlichen Unmündigkeit, Tell als das Individuum (Persönlichkeit), das weder Kaiser noch Papst befragt, sondern die Selbstverantwortlichkeit des Menschen erringt.

73.
Die Klaustrophobie des berüchtigten Vogtes zur Gründungszeit der Eidgenossenschaft ist für einen mittelalterlichen Menschen nicht ungewöhnlich. Erst der Arzt und Dichter Albrecht v. Haller (1708—1777) schuf mit seinem berühmten Lehrgedicht *Die Alpen* jene Begeisterung für das Gebirge, die dem mittelalterlichen Menschen noch nicht vergönnt war; was freilich bei Albrecht v. Haller noch einen durchaus apologetischen Charakter hat, wird später, insbesondere

bei J. W. von Goethe und anderen, zur natürlichen Empfindung, in der Romantik zuweilen exaltiert, bis es vornehmlich durch Engländer zum Alpinismus kommt (Erstbezwingung des Matterhorns durch E. Whymper im Jahre 1865), erst durch den Massen-Tourismus des 20. Jahrhunderts wird die Bergfreude, nicht zuletzt dank Seilbahnen und Skilifts usw., vollends populär.

74.
Auch wenn die Historiker weder den Namen des Schützen noch den Namen des Vogtes nachzuweisen vermögen, so steht doch eine Vogt-Tötung bei Küßnacht kaum in Frage. Daß es sich dabei um eine rühmliche Tat handelte, wird heute noch in der schweizerischen Volksschule gelehrt. Vergleicht man die Tell-Geschichte mit den nordischen Sagen, die ihr am nächsten kommen, beispielsweise mit der Toko-Geschichte und der Egill-Geschichte, die zugegebenermaßen etwas älter sind (d. h. ein Plagiat im umgekehrten Sinn ist ausgeschlossen), so sind die Abweichungen, wie Karl Meyer schon erwähnt hat, in der Tat beträchtlich: beide nordischen Helden, Toko wie Egill, wie übrigens noch andere, die einen Apfel oder eine Nuß getroffen haben, werden nach ihrem Meisterschuß nicht zu Meuchelmördern; der Meuchelmörder von Küßnacht hingegen wurde durch die nordische Wandersage (Apfelschuß) zum Helden.

Es dauerte mehr als eine Stunde, bis die beiden Waffenknechte endlich mit einem Leiterwagen kamen, um den Ritter aufzuladen, der nicht mehr röchelte. Natürlich eignete sich die Hohle Gasse nicht für Leiterwagen, und das Unternehmen war nicht ganz einfach, zumal er noch atmete. Leider waren auch Kinder nachgelaufen und sahen einen Ritter, wie sie sich einen Ritter nicht vorstellten; sein Gesicht war jetzt verschmiert, Blut mit Tannennadeln, da er vermutlich mit seiner Hand versucht hatte, eine Schmeißfliege zu vertreiben. Er lag mit offenen Augen, aber verschied auf dem holperigen Transport nach Immensee; der Pfeil stak mitten in seiner ohnehin kranken Leber.

Zeittafel

1911 geboren in Zürich am 15. Mai als Sohn eines
Architekten
1924–1930 Realgymnasium in Zürich
1931–1933 Studium der Germanistik in Zürich, abge-
brochen,
freier Journalist
Balkan-Reise
1934 *Jürg Reinhart*
1936–1941 Studium der Architektur an der ETH in
Zürich. Diplom
1938 Conrad Ferdinand Meyer-Preis
1939–1945 Militärdienst als Kanonier
1940 *Blätter aus dem Brotsack*
1942 Architekturbüro in Zürich
1943 *J'adore ce qui me brûle oder Die Schwierigen*
1945 *Bin oder Die Reise nach Peking*
Nun singen sie wieder
1946 Reise nach Deutschland, Italien, Frankreich
1947 *Tagebuch mit Marion*
Die Chinesische Mauer
1948 Reisen nach Prag, Berlin, Warschau
Kontakt mit Bertolt Brecht in Zürich
1949 *Als der Krieg zu Ende war*
1950 *Tagebuch 1946–1949*
1951 *Graf Öderland*
Rockefeller Grant for Drama
1952 Einjähriger Aufenthalt in den USA, Mexiko
1953 *Don Juan oder Die Liebe zur Geometrie*
1954 *Stiller*
Auflösung des Architekturbüros, freier
Schriftsteller
1955 Wilhelm Raabe-Preis der Stadt Braunschweig
Pamphlet *achtung: die schweiz*
1956 Reise nach den USA, Mexiko, Kuba
1957 *Homo faber*
Reise in die arabischen Staaten

1958 *Biedermann und die Brandstifter*
Die große Wut des Philipp Hotz
Georg Büchner-Preis
Literaturpreis der Stadt Zürich
1960–1965 Wohnsitz in Rom
1961 *Andorra*
1962 Dr. h. c. der Philipps-Universität Marburg
1963 Literaturpreis von Nordrhein-Westfalen
1964 *Mein Name sei Gantenbein*
1965 Preis der Stadt Jerusalem
Reise nach Israel
Schiller-Preis des Landes Baden-Württemberg
Wohnsitz im Tessin, Schweiz
1966 Erste Reise in die UdSSR, Polen
1967 *Biografie: Ein Spiel*
1968 Zweite Reise in die UdSSR
Öffentlichkeit als Partner
Politische Publizistik in Zürich
1969 *Dramaturgisches*
Aufenthalt in Japan
1970 Aufenthalt in den USA

M. F.

Das Werk von Max Frisch im Suhrkamp Verlag

Prosa
Tagebuch 1946–1949   1950
Stiller. Roman   1954
Homo faber. Ein Bericht   1957
Mein Name sei Gantenbein. Roman   1967
Wilhelm Tell für die Schule   1971
Tagebuch 1966–1970: in Vorbereitung für März   1972

Stücke
Die Stücke sind gesammelt in »Stücke« Bände 1 und 2.
Sie enthalten: Santa Cruz. Nun singen sie wieder. Die
Chinesische Mauer. Als der Krieg zu Ende war. Graf
Öderland. Don Juan oder Die Liebe zur Geometrie. Bie-
dermann und die Brandstifter. Die große Wut des Philipp
Hotz. Andorra.

Bibliothek Suhrkamp
Bin oder Die Reise nach Peking   1952
Homo faber. Ein Bericht
Andorra. Stück in zwölf Akten
Biografie: Ein Spiel   1967
Tagebuch 1946–1949

edition suhrkamp
Biedermann und die Brandstifter
Die Chinesische Mauer
Don Juan oder Die Liebe zur Geometrie
Graf Öderland
Santa Cruz. Nun singen sie wieder.
Zürich – Transit. Skizze eines Films
Öffentlichkeit als Partner   1967
Ausgewählte Prosa   1961

Sprechplatte
Max Frisch liest Prosa. Isidor. Der andorranische Jude.
Tonband

In der edition suhrkamp erschien als Band 404

Über Max Frisch

herausgegeben von Thomas Beckermann

Der Band enthält folgende Beiträge:
Friedrich Dürrenmatt über ›Stiller‹
Walter Jens, Erzählungen des Anatol Ludwig Stiller
Hans Mayer, Anmerkungen zu ›Stiller‹
Joachim Kaiser, Max Frisch und der Roman
Helmut Heißenbüttel, Max Frisch oder die Kunst des
Schreibens
Erich Franzen, Über Max Frisch
Werner Liersch, Wandlung einer Problematik
Ursula Roisch, Max Frischs Auffassung vom Einfluß
der Technik auf den Menschen
Friedrich Dürrenmatt, Eine Vision und ihr dramatisches
Schicksal
Gody Suter, Graf Öderland mit der Axt in der Hand
Gerhard Kaiser, Max Frischs Farce »Die Chinesische
Mauer«
Hellmuth Karasek, »Biedermann und die Brandstifter«
Karl Schmid, »Andorra« und die Entscheidung
Wolfgang Hegele, Max Frisch, »Andorra«
Reinhard Baumgart, Othello als Hamlet
Hermann Kähler, Max Frischs »Gantenbein«-Roman
Wolf R. Marchand, Max Frisch, »Mein Name sei
Gantenbein«
Hans Heinz Holz, Max Frisch – engagiert und privat
Beda Allemann, Die Struktur der Komödie bei Max
Frisch
Manfred Jurgensen, Leitmotivischer Sprachsymbolismus
in den Dramen Max Frischs
Walter Schenker, Mundart und Schriftsprache

Im Anhang des Bandes befindet sich eine Vita sowie
eine ausführliche Bibliographie der Primär- und Sekun-
därliteratur von Klaus-Dietrich Petersen.

suhrkamp taschenbücher
Die ersten zwanzig Bände

st 1   Samuel Beckett,
Warten auf Godot
Dreisprachig · Vorwort · Bibliographie
Deutsche Übertragung von Elmar Tophoven
256 Seiten
»Samuel Beckett, dessen Drama ›Warten auf Godot‹ der
Anfang einer ins Unabsehbare führenden Entwicklung
des modernen Theaters war – auch darum soll dieses
folgenreiche Stück die neuen suhrkamp taschenbücher
einleiten –, Samuel Beckett ist der größte Dichter unserer
Jahrzehnte.«   Joachim Kaiser

st 2   Max Frisch,
Wilhelm Tell für die Schule.
Prosa
Erstausgabe. 112 Seiten
Die Tell-Sage zählt zu den berühmtesten nationalen My-
then. Seit Schiller gilt sie als klassischer Besitz vom
Triumph des Freiheitswillens über Unterdrückung. An
den Schulen wird sie in dieser Form weitergereicht.
Gerade für die Schule erzählt Max Frisch den Wilhelm
Tell neu: ein nationaler Mythos wird demontiert.

st 3   Peter Handke,
Chronik der laufenden Ereignisse.
Filmbuch
Erstausgabe. 144 Seiten
Eine einfache Geschichte: Zwei junge Männer, Philip
Spade und Sam Beaumont, kommen nach San Fernando
und lernen dort die Kellnerin Kelly und »das Mädchen
mit dem Pferdeschwanz« kennen. Die Stadt scheint zu-
nächst freundlich, bald jedoch treten ihre Herrschafts-
strukturen hervor. Der Versuch, sie zu verändern, schei-
tert. – Der Fernsehfilm wurde im Mai 1971 vom WDR
ausgestrahlt.

st 4 Hans Magnus Enzensberger,
Gedichte 1955–1970
192 Seiten
Der Band enthält nicht nur eine neue Auswahl aus seinen Gedichtbänden »verteidigung der wölfe«, »landessprache« und »blindenschrift«, sondern er bringt darüber hinaus gut dreißig Gedichte, die Enzensberger zwischen 1965 und 1970 schrieb und die hier, bis auf wenige Ausnahmen, zum ersten Mal veröffentlicht werden.

st 5 Thomas Bernhard,
Gehen
Erzählung. 112 Seiten
»Gehen« ist die jüngste, im Juli 1971 beendete Prosaarbeit von Thomas Bernhard. Wie die Texte von »Midland in Stilfs« stellt auch diese Erzählung die Frage nach einem Sinn des Daseins, der für Bernhard fließend ist. Bewegen, Fließen, »Gehen und nicht stehen«, so äußerte sich Bernhard über seine jüngste Arbeit.

st 6 Martin Walser,
Gesammelte Stücke
368 Seiten
Dieser Band faßt alle Theaterstücke zusammen, die Martin Walser in den letzten zehn Jahren geschrieben hat. Die Stücke, für deren Abdruck die jeweils letzte Textfassung zugrunde gelegt wurde, sind Ausdruck der Auseinandersetzung des Autors mit der dramatischen Tradition und dem Theater der Gegenwart.

st 7 Hermann Hesse,
Lektüre für Minuten
Ausgewählt von Volker Michels
240 Seiten
»Lektüre für Minuten« dokumentiert mit 550 thematisch angeordneten Maximen die gedankliche Essenz der Schriften Hermann Hesses. Zusammengestellt wurde dieser Reader während der Lektüre sämtlicher Bücher Hermann Hesses sowie des vollständigen unpublizierten Nachlasses.

st 8   Olof Lagercrantz,
China-Report
Bericht einer Reise.
Aus dem Schwedischen
von Dorothea Bjelfvenstam
144 Seiten
Als erster europäischer Journalist nach der Kulturrevolution erhielt Olof Lagercrantz, Chefredakteur der größten
schwedischen Tageszeitung, Dagens Nyheter, eine Ein-
ladung für einen längeren Aufenthalt in China. In 15
Aufsätzen, die in Dagens Nyheter veröffentlicht wurden,
berichtet Lagercrantz von seinen chinesischen Erfahrun-
gen: vom chinesischen Alltag, wie von den Gründen und
Folgen der Kulturrevolution.

st 9   Jürgen Habermas,
Theorie und Praxis
480 Seiten
Das seit seinem ersten Erscheinen zum Klassiker ge-
wordene Buch von Jürgen Habermas ist eine Sammlung
historischer Studien über das Verhältnis von Theorie und
Praxis in den Gesellschaftstheorien, die von der Antike
über Scholastik, Aufklärung, Idealismus und Marxismus
bis zur verwissenschaftlichten Zivilisation der Gegenwart
reichen und die Grundlagen für eine systematische Un-
tersuchung dieses politischen Zentralproblems bilden.

st 10   Alexander Mitscherlich,
Thesen zur Stadt der Zukunft
176 Seiten
Der Band faßt Mitscherlichs Publikationen zum Thema
Städtebau zusammen, soweit sie nach der »Unwirtlich-
keit unserer Städte« entstanden sind. Wer ernsthaft an
die Lösung der Probleme denken will, die der Zustand
der Großstädte und ihrer Bewohner heute aufgibt, wird
an Mitscherlichs Thesen nicht vorbeigehen können.

st 11 Theodor W. Adorno,
Erziehung zur Mündigkeit
Vorträge und Gespräche mit Hellmut Becker.
Herausgegeben von Gerd Kadelbach
160 Seiten
Diese Vorträge und Gespräche, die von 1959 bis 1969
vom Hessischen Rundfunk gesendet wurden, zeigen einen
»anderen« Adorno als die meisten seiner Bücher: er
wirkt unmittelbarer, kommunikativer, verständlicher; er
leitet den Leser – wie einst den Hörer – zum Mitdenken
und zum Selbstdenken an.

st 12 Ernst Bloch,
Subjekt – Objekt.
Erläuterungen zu Hegel
544 Seiten
»Diese Schrift erhebt nicht den Anspruch, ein Buch über
Hegel zu sein, sie ist eher eines zu ihm, mit ihm und
durch ihn hindurch. Sie intendiert die durch Hegel und
die Folgen bezeichnete Erhellung unseres geschichtlichen
Woher, Wohin, auch Wozu. Hegel leugnete die Zukunft,
keine Zukunft wird Hegel verleugnen.«
Ernst Bloch im Vorwort zu »Subjekt – Objekt«

st 13 Siegfried Kracauer,
Die Angestellten. Aus dem neuesten Deutschland
Mit einer Rezension von Walter Benjamin:
Die Politisierung der Intelligenz
144 Seiten
Kracauers Angestellten-Buch ist ein Klassiker der analy-
tisch-dokumentarischen Literatur, der seit seinem Er-
scheinen (1930) kaum etwas an Aktualität eingebüßt hat.
»Der Wirklichkeit wird hier so sehr zugesetzt, daß sie
Farbe bekennen muß«, schrieb damals Walter Benjamin.

st 14 Ludwig Wittgenstein,
Philosophische Untersuchungen
272 Seiten
Außer seinem berühmten Frühwerk, dem »Tractatus lo-
gico-philosophicus« (1918), hat Wittgenstein nur noch ein

Manuskript für den Druck vorbereitet, die »Philosophischen Untersuchungen«, die 1945–49 geschrieben und 1953 posthum veröffentlicht wurden. Sie sind das Hauptwerk Wittgensteins, das die Philosophie unseres Jahrhunderts entscheidend beeinflußt hat.

st 15   Claude Lévi-Strauss,
Strukturale Anthropologie
464 Seiten
Aus dem Französischen von Hans Naumann.
Die Sammlung von Aufsätzen enthält die Quintessenz der Forschungen von Lévi-Strauss. Sie stellen eine vergleichende Strukturanalyse aller Äußerungen des sozialen Lebens dar, von den Verwandtschaftsbeziehungen und Siedlungsformen bis zur Sprache, Religion, Kunst und Kochgewohnheiten. All das sind Manifestationen der unbewußten Tätigkeit des menschlichen Geistes, die als eine Gesamtheit symbolischer Systeme oder als eine Syntax betrachtet werden können.

st 16   Bertolt Brecht,
Geschichten vom Herrn Keuner
128 Seiten
Brecht hat von 1930 bis in die fünfziger Jahre hinein »Geschichten vom Herrn Keuner« geschrieben; sie werden hier zum ersten Mal in einer separaten Ausgabe vollständig veröffentlicht. Diese Geschichten zeigen Brecht als Meister der kurzen Prosa: als Meister klarer, sachlicher Formen und der aggressiven sozialen Kritik.

st 17   Ödön von Horváth,
Jugend ohne Gott
176 Seiten
Ödön von Horváth ist nicht mehr ein Geheimtip für Kenner. So gut wie unentdeckt sind aber immer noch seine Kurzprosa und die Romane. »Jugend ohne Gott« ist Horváths zweiter Roman. Noch 1938, unmittelbar nach Erscheinen, wurde er in 8 verschiedene Sprachen übersetzt.

st 18 Bernard Shaw,
Die Aussichten des Christentums
Deutsche Übersetzung von Siegfried Trebitsch
144 Seiten
In fünf, der Reihenfolge des »Neuen Testaments« entsprechenden Kapiteln analysiert Shaw die vier Evangelien und die Briefe des Apostels Paulus. Mit der ihm eigenen Originalität und Schärfe weist Shaw die klassenorientierte Entstellung der ursprünglichen Lehre Jesu unter der Orthodoxie der Kirchensysteme nach.

st 19 Allerleirauh
Viele schöne Kinderreime
versammelt von Hans Magnus Enzensberger
400 Seiten
»Neben und seit ›Des Knaben Wunderhorn‹ ist uns kein Buch bekannt, das in solcher Gründlichkeit und Fülle Kinderverse und Sprüchlein aus vielen Jahrhunderten enthält. Es ist dazu mit 380 kleinen, unbekannten Holzschnitten aus dem 18. und 19. Jahrhundert geschmückt, die es zu einem hochwertigen Bilderbuch machen.«
Aargauer Tagblatt

st 20 Jürgen Becker,
Eine Zeit ohne Wörter
270 Seiten
Eine Zeit ohne Wörter: unter diesem Titel veröffentlicht Jürgen Becker eine Serie von Fotos, die er in einer »Zeit ohne Wörter« aufgenommen hat. Er demonstriert mit seinen Fotos nicht nur die bloße Anwesenheit der Dinge, sondern er versucht vor allem darzustellen, wie sie unter veränderten Umständen, zu verschiedenen Zeiten, in wechselnden Stimmungen wahrnehmbar werden.

suhrkamp taschenbücher

Januar 1972
st 21   Walter Benjamin,
Über Haschisch. Erzählungen, Materialien, Protokolle
ca. 120 Seiten

st 22   Bertrand Russell,
Autobiographie I
1872–1914
ca. 400 Seiten

st 23   Studs Terkel,
Der große Krach
Aus dem Amerikanischen von Dieter Hildebrandt
ca. 300 Seiten

st 24   Hans Henle,
Der neue Nahe Osten
ca. 320 Seiten

st 25   Katharina II. in ihren Memoiren
ca. 420 Seiten

Februar
st 26   H. C. Artmannsens Märchen
ca. 120 Seiten

st 27   Peter Handke,
Die Angst des Tormanns beim Elfmeter
ca. 130 Seiten

st 28   Martin Sperr,
Bayerische Trilogie
Jagdszenen aus Niederbayern; Landshuter Erzählungen;
Münchner Freiheit.
ca. 240 Seiten